若さま九郎と岡っ引弁慶

聖　龍人

コスミック・時代文庫

この作品はコスミック文庫のために書下ろされました。

目次

第一話　牛若丸、江戸に現る

一

「助からぬのか」

室町《むろまち》時代から続く常陸《ひたち》守護の家柄の名門、秋田《あきた》久保田《くぼた》藩佐竹《さたけ》二十万石に連《つら》なる一万二千石の大名、竹藤《たけふじ》家の当主、竹藤出羽守良房《でわのかみよしふさ》は、じろりと御典医である医師、芳斉《ほうさい》を睨《にら》みつけた。

坊主頭の芳斉は、額《ひたい》に汗を掻《か》きながら答えた。

「おそらく……」

ふたりの前には、五歳くらいの男の子が顔を異様なほど真赤にさせて寝入っている。はぁはぁと、子どもが出すとは思えぬ荒い息をも吐きだしていた。

出羽守のひとり息子、藤千代《ふじちよ》である。

外からバタバタとあわてた音が聞こえてきた。眉《まゆ》をひそめた出羽守は、廊下を走るなとつぶやいた。しかも、こんなときである。

いきなり障子戸《しょうじど》が開かれた。

「誰もここには来るなと命じていたではないか」

思わず声を荒らげると、そこにいたのは奥方《おくがた》、お安《やす》の方《かた》であった。必死の形相で、荒い息を吐きだしている藤千代の前にへたりこんだ。

芳斉に視線を飛ばすと、どうなのだ、と目で問う。

沈んだ顔を見せて、はっきりとは答えぬ芳斉を見つめて、お安の方は眉をひそめながら、

「殿、これはどういうことですか」

お安の方は、息子の病を知らされていなかったのである。恨みのこもった目つきは、出羽守を射抜いた。

一瞬たじろいだ出羽守だったが、

「おまえに心配させてはならぬと思った」

「私の実の子ですよ」

なのに、ひとことも教えてくれなかった、といいたいのである。

「芳斉、はっきりしなさい」

生きるか死ぬのか、と聞いているのだ。芳斉は、苦い薬でも飲んだような顔をしながら、

「このままだと……おそらく、お命は危ないものかと」

「死ぬのですね」

「どうしてこんなことになったのか、私にもわからないのです」

「昨日は、お庭で蹴鞠《けまり》の真似事をして遊んでいたというのに」

お安の方は、どうしたらいいのか、という目つきで夫の出羽守を見つめる。しかし、出羽守としてもそれに対する返答は持たない。

そこにまた、廊下がばたばたと大きな音を立てた。駆けこんできたお安の方を追いかけてきた腰元《こしもと》かと思ったが、障子が開くとはそこにいたのは、白髪の家臣であった。

「殿……」

「なんじゃ、おまえまで来たのか」

「は……あ、いや、大変なことが起きました」

そういうと、老家臣は息の荒い藤千代を初めて見て眉を曇《くも》らせながら、

「これは、どういうことです」

「……見たそのままじゃ」

「しかし」

「死ぬらしい」

「まさか……」

老家臣は、芳斉に目を向ける。

「片山《かたやま》さま……」

芳斉は、申しわけなさそうに頭をさげた。老家臣の名は、片山勘解由《かげゆ》といい江戸筆頭家老である。

急激な藤千代の変化に驚いた出羽守は、人知れず芳斉を呼んだのであったが、お安の方はまだしも、勘解由までこの部屋に来るとは、最初からここにいると知っていたに違いない。だが、出羽守の顔はそれほど深刻そうには見えない。

お安の方はその態度にも腹を立てている。しかし、出羽守はお安の方の顔を見ようともせずに、

「勘解由、そのあわてようはなんだ」

「それです、それです。若さまが現れました」

出羽守は、首を傾《かし》げる。

「若さまとは……なんのことだ。藤千代ならここにおるぞ」

死にかけてはいるがな、という言葉を飲みこんだ。

「違う若さまです」

「はて、藤千代とは異《こと》なる若さまとは……」

ばつの悪そうな顔つきをしながら、勘解由はお安の方をちらりと見たが、お安の方は藤千代に気を取られているためか、反応はなかった。

「殿、こちらへ」

お安の方に聞かれたらまずいだろう、という顔つきである。わかった、と目でうなずいた出羽守は廊下に出た。

ふたりはとなりの部屋に入る。二月の声を聞いたばかり。まだ江戸は冷える。火鉢《ひばち》もなければ、囲炉裏《いろり》が切られているわけでもない。

出羽守は震えながら、座って肩をすぼめた。

「若さまは、もっと寒かったと思います」

対面に座った勘解由は、意味不明な言葉を吐いた。

「どういうことだ」

「じつは……」

次に語った勘解由の言葉は、出羽守を驚嘆させた。

竹藤家は佐竹領のなかでも端《はじ》も端、国境の山沿いにある。西に日本海、東は山間。海と山の幸にこと欠かない。

したがって、比較的裕福な藩である。しかも領民が自慢する山が、すぐそばにそびえている。

鳥海山《ちょうかいさん》である。冠雪《かんせつ》を帯びたその姿を見た旅人のなかには、富士山になぞらえる者もいるらしいが、領民は富士山など見たことがない。地元民からすれば、神がおわす名山でもある。

その雪のなかから、裸の若者が現れたというのであった。

「冗談をいうな」

「私は普段から冗談などいうたことはありません」

「む、たしかに……しかし、その若者が若さまとは、どういうつながりなのだ」

「殿……お忘れになってはおられますまいな」

なにをだ、と出羽守は聞き返そうとし、勘解由の意味ありげな目つきを見て、はっと息を呑んだ。

「あの……子の件か……」

「思いだしましたな。その子の件です」

「若者が、その子だと」

「わかりません。じつは、その若者はおかしな言葉を吐いています」

「なんじゃ」

「名を聞かれたときに、己《おのれ》は源氏《げんじ》九郎義経《くろうよしつね》である、と答えたそうです」

「馬鹿な」

呆《あき》れ顔で出羽守は立ちあがった、寒さに耐えられなかったこともあるが、あまりの馬鹿ばかしさに、聞く価値はないと判断したのである。

勘解由は動かずに、また口を開いた。

「若さまかもしれませんぞ」

老家臣は続ける。雪山で見つかった若者は、素裸ではあったが、そばに短剣が落ちていたというのだ。その短剣に彫られた家紋が、丸に藤。竹藤家の家紋に似ていたらしい。

「何年埋もれていたのかわかりませんが、雪に閉ざされていましたからな。家紋は判然としていなかったといいます」

「わしがあの子に印として与えた刀は、そんな安物造りではない」

「そうかもしれませんが、なにしろ、十年は埋もれていたと思われています」

「しかし、雪のなかなら、それほど変化はないのではないか」

「みずから家紋を削り取ったやもしれませんな」

「……なにゆえに」

「さぁ、それは本人にお聞きしたほうが早いかと」

「国元におるのであろう」

「それが、国元では手にあまって、江戸に送りつけてきたのです。十影《とかげ》の嘉一《かいち》が連れてきています」

「なんと」

「その若者が、人知れず生まれた若さまだとしたら、国元では手を出すわけにはいきません」

早い話、厄介払《やっかいばら》いをしたのだろう。出羽守は寒さに肩を震わせながら、唸《うな》り声をあげ続けている。勘解由は、ふと廊下に人の気配を感じてそっと立ちあがり、突然を障子を開いた。

「なんじゃ、おまえは」

そこには、腰元が立ってあわてていた。

「すみません、お安の方さまを探していました」

「ここではない。となりの部屋におられるから、そちらへ行け」

女は、そそくさと離れていく。勘解由は眉をひそめながら女の背中を見つめる。

「あの腰元は、たしか植草左太夫《うえくささだゆう》の娘ではなかったか」

左太夫は国家老、林葉元太夫《はやしばげんだゆう》の腹心である。元太夫と左太夫は国を繁栄させるために、新田開発や海や山から取れる産物の奨励《しょうれい》などを広めている人物である。

そんな植草の娘がなにゆえに、間者《かんじゃ》のような真似をしていたのか。

藤千代さまが命をなくしたら、藤千代さまを推しているわしも同時に地位は危ない。藤千代さまがご病気で跡継ぎを外されたとしたら……。

左太夫はそれを見越してこちらを探っているのか、あるいはただの偶然か。

「山から男が出てきたと同時に、なにやらきな臭くなってきおった」

勘解由の眉の間に、曇りが陰りはじめていた。

二

竹藤出羽守良房は、三男であった。そのために、自分でも跡継ぎとは関係はないと考えていたし、周囲の目も同じであった。おかげで、幼きころから自由闊達《じゆうかったつ》、気ままといえば言葉はよいが、いわば暴れん坊であった。

十六歳のときに、初めてお国入りを果たしたのだが、

「なんじゃ、この山だらけの里は」

初めて見た景色に思わず、そんな感想を持ってしまったのである。

江戸育ちの良房にしてみたら、もっと風光明媚《ふうこうめいび》な土地かと思っていたのかもしれない。しかし、眼の前に広がっていたのは、田畑とそれに連なる山間の里である。

「つまらぬ」

思わず、江戸から着いてきた家臣である伊坂月之介《いさかつきのすけ》につぶやいた。

「なにがですか」

「ただ、畑と山があるだけではないか」

竹藤の領地はこんなつまらぬ場所であったのか、と吐き捨てた。

「しかし、若さま。あれをご覧ください」

月之介が指さした先には、冠雪を帯びた鳥海山がそびえていた。その威風堂々《いふうどうどう》としたたずまいは、目を圧倒する。

「うむ……あれはすばらしい。だが、それだけだ」

もう一度、つまらぬとつぶやいた良房は、がさりと音がした後ろを振り返った。

そこには、小高い丘がある。その丘のほうから音が聞こえたのである。

「猪《いのしし》でもいるのかもしれん。やっつけてやる」

おやめください。という月之介の言葉を無視して、良房は丘に向かった。

枯れた野草が生い茂っているなかを進んでいくと、そこにいたのは猪ではなかった。

「女か……」

にやりとした良房は、追いかけてきた月之介に目を向け、指を一本、唇にあてた。

野良着姿の女は、地面を覗《のぞ》きこんでいた。こんな時季に茸《きのこ》が採れるとは思えぬ、とつぶやきながら、なにかを探しまわる女の姿をじっと見ていた。

腰がうごめくさまを、にやにやしながら見ていたと思ったら、よし、とつぶやき足を動かした。

四つん這いになって野草を掻き分けている女の後ろにまわりこむと、少し先に光るものがある。女は簪《かんざし》を探しているのだと気がついた良房は、それを拾って、

「おい、女。これを探しているのか」

声をかけると、驚いた女は目を丸くして良房を見つめた。

これを探していたのだろう、と良房は簪を差しだした。光ってはいるが、高価な造りとは思えなかった。普段、屋敷に働く女たちが使っている簪とは、雲泥《うんでい》の差である。

良房は女を見つめて聞いた。

「おまえ、名はなんという」

腰を抜かしたように、身体を四つん這いにさせたまま、

「文《あや》、といいます」

「お文か。名も可愛い。顔も身体も可愛いぞ」

色白である。江戸の浅黒い女たちとは一線を画している。

女はどう応対していいのかわからぬのだろう、良房を見つめているだけである。

その目に恐怖はない。屋敷の女は良房を見ると目を逸らしたり、そっと離れていったりする。

そんな姿を見慣れてるため、新鮮に見えた。

突然、良房は女に覆いかぶさった。

「夜伽《よとぎ》をせよ、といいたいところだが、待てぬ」

後ろから、あっという声があがった。月之介が叫んだのだ。

止める間もなく、女の身体は良房の背中に覆《おお》われたのである。


それから半年――。

火急《かきゅう》の報せがあるといわれ、良房は呼びだしを食らった。

なんと、お文が孕《はら》んだというのであった。

父から、馬鹿者めと呆れられた良房は、思わず叫んでいた。

「月之介、おまえが育てよ」

はぁ、と月之介は頓狂《とんきょう》な声をあげる。すると、良房の父、竹藤の三代目当主である竹藤北春《きたはる》も、それがよい、とうなずいたではないか。どうしてそんな話になるのですか、と問うたのだが、

「本当にこの馬鹿三男坊の子どもかどうか、わからぬではないか」

「なんと……」

そうだ、そうだ、といいたそうに良房もにやけている。

性根の腐った親子だ、と月之介はいいたいが言葉にするわけにはいかない。

「月之介、おまえ、歳はいくつになった」

「若さまより七つ上です」

「馬鹿三男坊は十六歳だったな。だとしたら、嫁をとるにはちょうどよい年齢ではないか」

月之介は、ため息をつくしかない。

あのとき、良房が無体《むたい》な行動を取らなければ、こんな面倒な話にはならなかったはずだ。

お文と名乗った女は押し倒された瞬間、ちらりと月之介を見た。助けてくれと訴えていたのかもしれない。しかし、動けなかった。

若さまの行動は、いままで何度も見てきている。諫《いさ》めたこともあるが、そのたびに鉄拳《てっけん》を食らっていた。

私は助けることができなかった。

その忸怩《じくじ》たる気持ちが、月之介に襲いかかっていたのである。思わず、

「わかりました、私がお文と一緒になって、若さまの若さま、いえ、姫さまかもしれませんが、立派に育てます」

と、答えていた。

それ以来、月之介の姿は一度も見たことがない。

もちろん、その子も交えたお文がその後、どこでどう暮らしていたのか、出羽守だけではなく竹藤家では誰ひとりとして知らぬ。

まるで逐電《ちくでん》したかのように、そのあとの消息をいっさい断ったのであった。

殿、という声ではっとした出羽守は、月之介を探せと勘解由に命じた。

しかし、

「死にました」

「なんだと……どうしてそれがわかる」

月之介は、居場所を誰にも教えていなかったはずだ。

「おまえは月之介の居場所を知っておったのか」

「行方を眩《くら》ましたあとの、ある程度の足取りはつかんでおりました。ですが、そ

のあとからいまに至るまでのことは……」

勘解由は、こめかみをうごめかせた。

「なに、最初は行方をつかんでおったのか。どのようにして……そうか、十《と》影《かげ》組か」

十影組とは、竹藤家に務める忍び集団の総称である。総勢十人といわれているが、真の人数も、どんな顔ぶれがいるのか誰も知らない。当主ですら知らぬ。

統率しているのは勘解由であるが、真の人数は知らぬのだ。

「では、その源氏九郎義経とか名乗る若者が、わしの子かどうかもわかるであろう」

「それが、はっきりしません。殿が月之介に託した短刀があれば、はっきりすると思っていたのですが」

「それもわからぬと」

「家紋が削り取られていたので」

「月之介がわしらを恨みに思って、そんなことをしたのかもしれん」

「たしかにありえます」

「刀の目利きに判断させたらどうか」

「十影のなかに目利きがおりますゆえ見せましたが、わからぬという返事です」

「わからぬだと。それで目利きとは笑わせる」

「火事に遭ったのでしょう。あるいはわざと火にかけられたか」

若者を育てた人物が月之介だとしたら、竹藤家に対する恨みとも考えられよう。

出羽守は、唸り声をあげる。

刀は、火を浴びると焼身《やきみ》といって、黒く変色したり地肌が荒れ、波紋も消えてしまうのだ。

「そこまで恨まれていたのか」

「普通に考えたらわかります」

「当時は、若かった」

「ときに、若さは罪ですな」

「焼身のため、もとがわからぬというのか」

「殿からさげ渡された肥前国忠吉《ひぜんのくにただよし》は、姿形も残っておりません」

「判別不可能というわけか」

「御意」

勘解由は静かに頭をさげる。早い話、雪山で見つかった若者の正体は、まったくわからずじまい、という話である。

「十影たちに、もっとくわしく調べさせよ」

「もとより……」

勘解由の命で、十影も動きまわっているようだが、それでも若者は正体不明のまま、江戸に送られてきたのであった。

三

こうなれば、自分がじきじきに調べる、と出羽守は勘解由に告げた。

それはどうですかなぁ、と老家臣は首をひねる。

「それはどういう意味か」

「もし、月之介が育てた若さまだとしたら」

「それがどうした」

「恨まれております」

育ての父は月之介である。無茶な命令を受けたわりには、お家から援助があったわけでもない。月之介はお文と一緒になり、出羽守の子どもをどんな環境のもとで育てたのか。

「極貧生活をしていたに違いありません」

「十影が調べたのか」

「いえ。月之介は有能な家臣でした」

暗に十影たちにも、月之介とお文がどこで暮らしていたのか、調べがつかなかったと答えているのだ。

気まぐれがとんでもない疵《きず》として、こんな時期に襲ってくるとは思っていなかった出羽守は、己の変遷《へんせん》をふと思い浮かべる。

三男坊として乱暴のかぎりを尽くしてきた。しかし、長男が病死し、その二年後に次男までが食中毒らしき吐き気と下痢で命を取られた。

跡継ぎが次々と亡くなり、残ったのは良房だけである。

まわりの顔つきが苦々しい雰囲気に包まれていると感じながら、竹藤家四代目が誕生したのである。

いま目の前に悄然としたたたずまいを見せている若者を見て、これが己の子なのか、違うのか、真はどこにあるのかと自問する。

穴のあくほどという言葉はこんなものかと思うほど、出羽守は若者を見つめた。

小柄である。

対して出羽守は、身体が小さいというほどではない。お文に似たのか。

色白である。これは、出羽の国境で育った北国育ちの特徴である。

総髪《そうはつ》に結いあげた容貌は、まるで医師かどこぞの部屋住みのようにも見えるが、すっくと背筋を伸ばしたその姿からは威厳すら感じられる。

「名を確かめたい」

「源氏九郎義経である。九郎と呼んでいただきたい」

「なるほど、源氏の御曹司というわけか」

「兄はどこにいる」

「兄とは、頼朝《よりとも》どのか」

「早く追いつかねばならぬ」

「いままで、どこで暮らしていたのだ」

「鞍馬《くらま》から、平泉《ひらいずみ》に移っていた。そういえば、秀衡《ひでひら》もおらぬな」

出羽守はため息をつく。

「母親は」

「常盤《ときわ》である。ついでに答えておく。父は源 義朝《みなもとのよしとも》」

声も涼やかだ。出羽守にしてみるとそのさわやかさが、かえって嫌味に聞こえてくる。

月之介の恨み、という勘解由の言葉が頭の中で鳴り響いているからだった。眼前にたたずむ若者は、みるからにさわやかである。だがその奥にある月之介の怨恨が、二重三重となって突き刺さってきそうである。

「どうして雪山にいたのだ」

「覚えておらぬ」

「己のことではないか」

「泰衡《やすひら》の裏切りによって、平泉の持仏堂《じぶつどう》で火に巻かれた。だが、弁慶《べんけい》が壁となってくれている間に逃げたのだ」

「そして、雪山にいたというのか」

「気がついたら、雪に埋まっていた。そこから助けられた」

どんな手段を使って逃げたのか、どこでどう動いて鳥海山の雪に埋もれていたのか、まったく覚えてないというのである。

「そんな馬鹿なことがあるものか」

「あるからしかたがあるまい」

九郎の言葉は御曹司らしく居丈高《いたけだか》で冷たく感じるが、やわらかで温かさも兼ね備えているように思えた。出羽守にしてみると、そこが不思議であった。

我が子かもわからぬからか、と考えるがそれだけともいえない。

この源氏九郎義経と名乗る若者には、不思議な力が宿《やど》っているのであろうか。

月之介にお文とわが子を押しつけてから、二十年以上は過ぎている。しかし、目の間の男はどうみても十代後半から二十過ぎであろう。我が子としたら、年代が合うのか合わぬのか。

「雪山には、何年いた」

「助けてくれた者に聞いたら、十年経っているそうだ」

「なにゆえに十年とわかる」

「そのくらい前のときに、十歳くらいの子どもが雪山に入っていったのを見たと聞いた。それが私かもしれないし、違うかもしれない」

「雪山に入ったのは何歳のときなのだ」

「覚えていない」

「九郎どのが平泉で火に焼かれたのは、三十歳あたりではなかったか」

「そんなことは私は知らない。雪山に逃げて十年、万年雪のなかで眠っていたのだから」

「では、屋島《やしま》の戦いや、壇ノ浦《だんのうら》の戦いに身を置いたのは、おぬしか」

「この世には不思議なことが多くあるのだ」

答えになっておらぬ、といおうとして、出羽守は話にならぬと投げだした。控えていた勘解由に視線を送り、続きはおまえがやれと目で命じた。

勘解由は、どんな問いにもぴくりともせずに応対する源氏九郎義経の態度に、感服していた。その声音もまた、人を引きつけるような響きと受け止めていた。物腰にも、大名家を継ぐだけの威厳が感じられる。

「竹藤家には、幼き若さまがいる。名を藤千代さまという」

それがどうした、と源氏九郎は勘解由に目を向ける。

「藤千代さまが跡継ぎになられるのは自明の理なのだが、出羽守さまには、いまひとり若さまがおられる」

「私にはかかわりのない話である」

「その若さまとは、幼きころにある理由で離れ離れになってしまったのだ」

「なにがいいたいのか、わからぬ」

「おぬしがその若さまではないか、と申しておる」

「私は、源氏の九郎義経である。竹藤家などとはかかわりはない」

平泉から逃げただの、雪山に十年眠っていただの、父は源義朝で母は常磐。話の内容がめちゃくちゃである。

歴史のうえでは、義経が追手に囲まれて平泉で火に包まれたのは三十歳とされている。目の前にいる若者の年齢はどう見ても、二十歳そこそこである。

雪山に十年眠っていたとしたら、その雪のなかで身体はその年令を保《たも》つのか、それとも成長していくのか。

だいいち、雪山に入った年齢がでたらめである。噂では、迷子になった子どもは十歳ほどだと聞いている。しかし、眼の前にいる九郎は、雪山に入った年齢を覚えていないという。

どこから考えても、九郎の言葉には矛盾がある。

出羽守は、途中からまともに聞いていられなくなったらしい。

「勘解由、あとはまかせた」

と、部屋から出ていってしまった。

出羽守の背中をちらりと見つめた九郎だが、ほとんど反応はない。

「そうそう、忘れておった」

勘解由は、懐《ふところ》から短剣を取りだした。鍔《つば》は光り輝いて見えるのに、鞘《さや》はどす黒くくすんでいる。鍔から受ける印象が、まるで異なっているのだ。

「ここが削られているのは、なぜかな」

鞘の一部が丸く削られているように見える。ただの傷には見えず、あきらかに意図を持って削り取られているようであった。

「はて、手元に来たときにはすでにそうなっておった。私にはわからぬ」

「誰から渡されたのか」

「母である」

「母とは」

「常盤以外、私に母はおらぬ」

勘解由は、念のためといいながら問う。

「お文とはいわぬか」

「常盤はお文とはいわぬ」

あぁ、と天を仰ぐような仕草をしながら、呻《うめ》きともなんともつかぬ声をあげて、勘解由は問う。

「江戸に知りあいはおるか」

「鞍馬と平泉しか知らぬ」

「鳥海山にいたのではないのか」

「必死に追手から逃げていたから、あまり覚えておらぬ」

「徹底しておるな」

「なにがです」

横目を向けた九郎の視線を受けた勘解由は、なぜかわからぬがぞくりと背中が泡立った。不愉快なのではない。むしろ妖《あやか》しの力に触れ、桃源郷《とうげんきょう》にでも招かれたような、えもいわれぬ気持ちになったのである。

龍宮城《りゅうぐうじょう》で歓待された浦島太郎はこんな気持ちであったかもしれぬ、と勘解由は苦笑すると、

「残念だが屋敷に留め置くわけにはいかぬ」

本当に若さまとはっきりするまでは、屋敷には置けぬと勘解由は決めたのであった。

「そのほうがありがたい。こんな屋敷にいたら足がなまってしまう。鞍馬でも平

泉でも、野山を駆けまわっておったからな」

「江戸の町中で暮らせるように、手をまわしてやろう。だが、ひとつだけ忠告しておく」

「はて」

「その言葉遣いは町中ではやめておいたほうがよいぞ。もう少していねいな言葉遣いのほうが、まわりとうまくいくはずだからのぉ」

「なるほど、ていねいにですね。わかりました、そうします」

にこりとしながら九郎は、勘解由に視線を送った。

ふたたび、勘解由の背中が泡立った。

四

「おいおい。なんだいあれは」

ここは、神田連雀町《かんだれんじゃくちょう》にある長屋である。なぜか木戸の横に、船の錨《いかり》が転がっている。そこで、錨長屋。大家の伊刈屋忠右衛門《いかりやちゅうえもん》が屋号を冠した長屋だ。

べつに船に関係した商売をしているわけではない。下駄屋《げたや》である。

その錨長屋の面前にあるしもた屋に、家移りしてきた若い男がいた。

まわりが騒然となっているのは、その若い男が数人の女を侍《はべ》らせていたからである。男はなにもせずにただ突っ立っているだけで、女たちが荷物を運びこんだりほどいたりしているからだった。

「あの若造は、ただぼぉっとしているだけじゃねぇかい」

「どんだけの身分なんだ」

「あやかりてぇがなぁ」

「うちのかかぁに見せてやりてぇ」

「おめぇに、かかぁはいいねぇじゃねぇかい」

「これから嫁に来るかかぁだ」

げたげたと笑いながら会話をしている職人風のふたりは、さらに驚いた。普段は顔など見せぬ忠右衛門が、若造にぺこぺこしている姿を見たからだった。

「下駄屋があんなにぺこぺこしているところは、初めてだ」

「あぁ、ぺこぺこがすぎるぜ」

「忠右衛門の腰があんなに曲がるとは知らなかった」

「まったくだ、地面に頭の天辺がくっつきそうだ」

忠右衛門の五間ほど後ろには、深編笠《ふかあみがさ》を被った勘解由がたたずんでいる。

勘解由は忠右衛門の店で、ときどき下駄や草履《ぞうり》を買う。その伝手《つて》を使って、源氏九郎を住まわせることにしたのである。

女たちに働かせて、ただ突っ立っている若い男は、源氏九郎であった。

久保田三十万石、佐竹縁《ゆかり》の竹藤家江戸筆頭家老からの頼みとあれば、頭も地面につくであろう。

忠右衛門は、そのうち店を引っ越ししようとして購入していたしもた屋に、頼まれた若者を住まわせると決めたのである。

これで竹藤家だけではなく、佐竹とのつながりが生まれたら、商売はもっとうまくいく。出店も出せるようになれるかもしれない、と、忠右衛門は絵に描いた餅《もち》を期待しながら、ほくそ笑んでいるのだ。

損して得を取れ、という根性だ。

若い男に媚《こび》を売る忠右衛門とは裏腹《うらはら》に、苦々しい顔をして立っている娘がいた。

忠右衛門のひとり娘、お友《とも》である。

母は数年前に亡くなり、忠右衛門の面倒も見ながら看板娘として、伊刈屋を支えている。

「なんです、あれは。男がなにもせずに、ただ眺《なが》めているだけとは」

もってのほかだ、とつぶやいた。

「気に入りませんね、あの若い男」

とっちめてやりたいが、父からはなにが起きても口出しはするなと、きつく言い渡されている。大名家からの頼みなのだ、と忠右衛門は嬉しそうである。

「うまくいけば御用達《ごようたし》になれるかもしれんからな」

店の格上げは、父の夢でもある。

その夢を、娘が壊すわけにはいかない。女たちが汗を流している姿を黙って見ている若い男に怒りの視線を飛ばしながら、お友は踵《きびす》を返した。

頬《ほお》を膨《ふく》らませているのはご愛嬌《あいきょう》として、その歩き方はそばに寄ってきた者たちを吹き飛ばそうという勢いだ。

「おいおい、お友ちゃんの頬が膨らんでいるぜ」

「あぁ、膨らんでるな」

「怒ってるんだな」

「怒ってるにちげぇねぇ」

「どうして怒っているんだい」

「そらぁおめぇ、あの若い男が」

途中で言葉が切れたのは、お友がそばに来たからだ。切れ長の目ではあるが、その瞳には、奥深い優しさの心根が息づいている。普段ならそんな雰囲気を感じるのだが、いまは違った。

あきらかになにかに向けて、憤《いきどお》っている目つきである。

「留《とめ》さんに千《せん》さん、なにか私の顔についてますか」

「いえいえ、そんな」

お友は、ふたりの顔を交互に見ながら、

「私は怒ってなんかいませんよ。腹が立っているだけです」

それだけをいうと、離れていってしまった。足首が跳ね返るような歩き方は、あきらかに怒っている仕草に違いない。

留さんと呼ばれた男が腕を組みながら、

「あれは、少々腹が立っているというような様子じゃねぇなぁ」

「腹が立っているというい方は、怒っている意味とは違うのかい」

千さんと呼ばれた男が首をひねった。

「似たようなもんだろう」

「つまりは、怒っているという意味と思っていいのかい」

「あぁ、怒っている印だ」

ふたりは、くだらぬやりとりをしながら大笑いをした。

「おい、あの若い男が、おれたちを呼んでいるぜ」

「留次《とめじ》さんに、千六《せんろく》さんというのですね」

さわやかな声で問われて、ふたりは神妙になっている。長い間、若い男を観察しているところを見られていたのだろう。

荷物が運びこまれて一段落ついたのか、男の顔は落ち着いている。

それまでいた女たちは、いつの間にか煙のように消えていた。

「へぇ、ふたりとも大工仕事をしております」

留次が冷や汗を掻きながら頭をさげる。

ふたりが座っているのは、三部屋あるうちの奥座敷らしい。

四畳半だが、部屋の隅《すみ》に設置されている箱箪笥《はこだんす》は桐《きり》製だろう。そんなところからも、眼の前の若い男が只者《ただもの》ではない、と感じたが、冷や汗をかいている理由はそれだけではない。

ぼおっと立っているだけかと思っていたのだが、存外周囲に目配りをしていたらしいと知ったからであった。

「可愛らしい娘さんが私を睨んでいたようでしたが、あのかたはどこの娘さんでしょうか」

九郎の姿は総髪に着流し。武士姿には違いないのだが、刀は差していない。部屋の隅に刀掛けがあった。

あの娘さんは、忠右衛門の娘で下駄屋の看板娘ですよ、と留次が説明をはじめた。

「なるほど、忠右衛門さんは下駄屋さんだったんですね……ところで、看板娘とはなんです」

そんな言葉も知らねぇのかい。

留次はいいそうになったが、飲みこんで、店に客を引きつけるためにいる娘のことで、この界隈《かいわい》だけではなく江戸中の人気者だ、と少々おおげさに解説した。

千六もとなりで、うんうんとうなずきながら、

「江戸娘はじゃじゃ馬が多いんですけどね。よけいなはしゃぎ方はしねぇし、いざってときにはそれなりの知恵も出る、なかなかのちゃきちゃき看板娘ですよ」

「ちゃきちゃきとはなんですか」

「あぁ、困ったねぇ」

千六は本気で困り顔をして、留次に助けを求めた。

「まぁ、嘘偽りのねぇ看板娘、とでもいえばいいでしょうかねぇ。ちゃきちゃきの江戸っ子といえば、親代々の本物の江戸育ち。ときには、よく働く、とか、元気がいい、みたいな意味でも使うと思ってください」

「ほう。では、私のような京の町で育ったようなものは、ちゃきちゃきとはいわないのですね」

「へぇ、旦那は京育ちだったんですね」

「幼きころは鞍馬山にいました」

「鞍馬ですかい。あの天狗《てんぐ》がいるという」

「それから平泉に行きました」

「なんか、どこかで聞いたような境遇ですねぇ。そういえば、旦那のお名前は。まだお聞きしていませんでした」

留次と千六は顔を見あわせながら、おそるおそる尋ねた。

と、九郎はなにを思ったか、部屋の隅に置かれてある小さな箱を開いて、そこからなにかを取りだした。笛である。

ピーヒョロ。

笛の音が錨長屋に響き渡り、風に乗って下駄屋にも届いた。

ひとしきり吹き終わると、笛を外して、

「私の名は……幼きころは遮那王《しゃなおう》、あるいは牛若丸《うしわかまる》、しかしていまは、源氏九郎義経といいます。九郎と呼んでください」

にこりと答えた九郎の流し目に、留次と千六のふたりはえもいえぬほどの感動を覚えていた。

数呼吸の間ののち、留次と千六は夢から覚めたような顔をする。

「あの……失礼とは思いますが」

留次が、へりくだりながら問う。

「源氏九郎義経さま。といいますと、あの平家《へいけ》と戦った……」

「はい、父は源義朝。母は常盤といいます。兄は頼朝」

のけぞりそうになった留次と千六の耳に、がらがらと戸口の開く音が聞こえてきた。

五

九郎が立ちあがろうとしたとき、千六は先に腰をあげて、あっしが案内いたします、といった。

千六は、深編笠の侍を連れてきた。勘解由である。部屋のなかでも笠のなかからじっと見つめられていると気がついた九郎は、苦笑しながら、

「様子を見にきましたか」

また、がらりと戸の開く音と一緒に、留さん千さん、いるんでしょ、という声が聞こえてきた。ふたりは目を合わせる。

「ちゃきちゃきっ子のご登場らしいですね」

今度は私が、といって九郎は勘解由に告げた。

「しばし、お待ちをお願いします」

笠のなかで勘解由は苦笑している。

いかにも身分のありそうな侍を前にして、留次と千六は腰が落ち着かないのだろう。尻をあげたりおろしたりと忙しい。

戸口に出ると、下駄屋の娘が怒りの目を向けながら、九郎を見つめた、切れ長の目からは、矢を射るような光が瞬いている。

「留さんと千さんを返してください」

「はて。私はふたりをかどわかしたつもりはないのですが」

「かどわかしたとはいってません、ふたりが逃げることができなくて困っていると思って、お迎えにきたのです」

「そうですか」

少々、お待ちくださいといって、九郎は戻ろうとする。

と、あわてて下駄屋の娘は、待ってくださいと手を伸ばした。怪訝《けげん》な顔をする九郎にお友は、怒らないのですか、と問いかける。

「はて、どうして私が怒るんです」

お友は一瞬、答えに詰まったが、

「いえ、気にしないでください、とにかくふたりを呼んできてください」

九郎が踵を返そうとしたとき、奥から留次と千六がばつが悪そうな顔をしながら現れた。

「おや、このちゃきちゃきさんが、おふたりを返せと」

へぇ、聞こえてました、と留次は頭を掻きながら、お友さんすみません、と声をかけた。

「早く帰りましょ。こんな化《ば》け物《もの》屋敷みたいなところからは、さっさと離れたほうがいいですからね」

化け物屋敷といわれた九郎は、驚き顔をするが、

「おやおや、ここは化け物屋敷だったのですか、それは夜が楽しみです」

「なにをいってるの、この人は」

呆れ声を出すお友に留次は苦笑しながらも、九郎に対しては友好的な顔を見せる。

「九郎の旦那、そういう意味ではありませんぜ」

「おや、ではどういう意味ですか」

「まぁ、いいでしょう。そこが旦那のいいところですからね」

「はて、いいところとは」

すると、今度は千六が笑いながら、

「心がまっすぐなところですよ」

「私は心がまっすぐなのですか。へぇ、それは知らなかった」

さらに留次が続ける。

「源平盛衰記《げんぺいせいすいき》なんぞを読んでみると、旦那はまっすぐなお人だったから、兄上と……あぁ、そんな話はやめておきましょう」

いいかげんにしなさいよ、とお友は、ふたりの会話がなにを指しているのかちんぷんかんぷんだ、と叫んだ。

すると、すぐさま九郎は千六に聞いた。

「ちんぷんかんぷんとはなんですか」

さっぱり意味がわからねぇといいたいんですよ、と千六は笑いながら答えた。

お友は、歯ぎしりでもしそうな顔を続けていたが、帰りますよ、と叫んで背中を向け、すたすたと歩きはじめた。あわてて、留次と千六もあとに続く。

外に出たところで、ふたりが九郎に頭をさげると、またしてもお友は不愉快そうな顔をしてから、なんだいあいつは、と留次に問いかける。

源氏の御曹司です、と留次が真面目な顔で答えると、

「馬鹿なことをおいいでないよ。どうしてそんな人が、いまの江戸にいるんだい。源氏は三代で終わったんじゃなかったのかい」

「へへ、お嬢さん。世のなかには不思議なことがいっぱいあるんですよ」

知ったふうな留次の言葉に、お友はふんと鼻で笑いながら、

「ようするに、頭がおかしいってことだね」

「それをいっちゃぁ、おしまいです」

留次と千六は、しごく真面目な表情でうなずきあっている。


「江戸の暮らしはいかがかな」

勘解由は、部屋から見えている中庭に目を向けながら問いかけた。深編笠を外すと、大刀を右側に置く。

「まだ、ここに来たばかりですが、江戸には楽しい人たちがいるようです」

「ほう、それは重畳《ちょうじょう》。さて、御曹司。ひとりで暮らしたことはないでしょうから な、誰か付き人でも必要なのではないかと思うのですが」

「そういえば巴《ともえ》がおらぬな」

ともえ……と勘解由は首をひねっていたが、あぁ、とすぐ気がついた。義経の側室、巴御前のことだろう。そんな娘などいるわけがない、といいそうになる。

「白拍子《しらびょうし》ですか。友という娘はおりますが」

「その娘でかまいません」

「さきほど、ちんぷんかんぷんといっていた娘ですぞ」

「楽しそうな娘でした。一緒に暮らしたら笑いが絶えないことでしょう」

本人が聞いたら、眉を逆立《さかだ》てそうな会話である。

「さきほどの娘に、いまの話をしてくれませんか」

「一緒に暮らそうというのですか」

「そのとおりです」

「それはいかがなものかと思いますぞ。だいいち、あの娘は御曹司についてなにも知りません」

「巴についてはよく知ってます。あの娘にしても……そういえば娘の名は、友と聞きました。名前も似ています。これからお互いを知ればよいのではありませんか」

「そうはいきません」

「なぜです」

「男と女は、そんなに簡単な話ではありませんからな」

「そうでしょうかねぇ」

「ここは、京の都ではありませんぞ」

そうですか、と答えた九郎だったが、別段、落胆している様子はない。

「そういえば、弁慶はどこにいますか。探していただきたい」

今度は、弁慶か……面倒な話ばかりだと、勘解由は苦々しい気持ちになる。

そもそも、どうして弁慶が生きているのか。義経にしても弁慶にしても、平泉で死んだはずだ。そこで死なずとも、寿命はとうに尽きている。

それが自称義経は生き返っている。そんなおかしな話があるわけがない。聞けば聞くほど、話の内容は矛盾だらけである。時制がでたらめなのだ。

それでも、どこの誰ともわからぬ若造の言葉に、翻弄《ほんろう》されている。

巴の代わりを連れてこいという。さらには弁慶を探せ、という。

竹藤の若君かもしれないという疑いがなければ……普段の勘解由ならば、すべて一蹴《いっしゅう》するような内容である。

なのに、いつの間にか、目の前の若い男の言葉に引きこまれている。

「弁慶ですね、見つけておきましょう」

「お願いします」

と、九郎は頭をさげ、笑みを見せながらゆっくりと顔をあげた。流し目とはまた異なった視線ではあったが、えもいわれぬ威厳のなかに艶《つや》やかさも含まれていた。

　勘解由はまた背中がぞくりとする。

「九郎どのは、不思議な力をお持ちのようだ」

「はて」

「蠱惑的《こわくてき》とでもいえばいいでしょうか」

「蠱惑。たぶらかし、ですか」

「いや、引きこまれるという意味でもありますからな」

　勘解由は九郎を見つめる。ときには切れ長、ときには丸く、視線を変えるたびに変化する。瞳の色とて、七色持っているのではないかと思えるような雰囲気すら感じられるのであった。

「ところで九郎どの。さきほども触れましたが、おひとりではいろいろ、ままならぬことがあるでしょう」

「はて」

「食事とか、掃除とか洗濯。そのような毎日の細々《こまごま》としたことです」

「たしかにそうですね」

「そこで、下女でもお雇いになられたほうがよろしいかと」

「下女ですか」

「御殿女中ほどではなくても、気の利く女が必要でしょう」

「巴、いやお友さんでよいと思いますが」

「ですからそれはいけません。お友さんは巴御前ではありません。それに九郎どの、勘違いしてはいけませんぞ。ここは京ではありません。江戸ですからな」

「そうでした」

素直な九郎に、勘解由はにんまりしながら、

「では、なにかありましたらご連絡ください。なにをおいても駆けつけます」

「それは、ありがたいことです」

「弁慶と女中については、すぐ手配いたしましょう」

勘解由は立ちあがって深編笠を被ると、部屋を出た。

九郎も立ちあがろうとしたが、勘解由はそのままそのまま、といってひとりで外に出た。

留次が、連雀町の通りから少し離れたところで煙管《きせる》を使っている。背中に青山《あおやま》下野守《しもつけのかみ》の屋敷が見えている。その前に立つ松の木の前で、切り株に腰をおろして煙をくゆらせているのだ。

勘解由はその姿を認めると、留次の前に進み出た。

あわてて留次が立ちあがる。

「そのままでよい。ちょうどよいところで会った。ひとつ頼みがある」

「へぇ」

九郎のところで会った深編笠の侍から頼みがあるといわれ、留次は怪訝な目で勘解由を見つめた。

「取って食いはせぬから安心せよ。頼みとは」

声を低めて、勘解由は目を丸める留次に語りだした。

六

「冗談じゃありませんよ」

留次が勘解由から頼まれたのは、忠右衛門に九郎の下女を見つけてもらうことだった。そのなかには、巴御前の替え玉があったほうがいいかもしれない、という申し出も含まれている。

いま、留次は忠右衛門宅でお友も一緒に、勘解由から頼まれた話を通しているところだった。

「といっても、無理にというわけではねぇらしいですんけどね」

巴と友は似ている。

そこで、忠右衛門に聞いてみてくれと頼まれたというのである。もちろん、強制ではない。

「あたりまえですよ。そんなことを強制されたら、私はあの男を殺します」

「お嬢さん、まぁ、お手やわらかに」

と、それまで口を開かずにいた忠右衛門が腕を組みながら、

「ところで、留次。あの若者の正体は誰なのだ。どこぞのご落胤《らくいん》でもあるのか」

そうでなければ、竹藤家の江戸筆頭家老がじきじきに出てきて頼みごとをするなど考えられない、と忠右衛門はいう。

「さぁ、それはあっしにはわかりかねますが」

「源氏九郎義経などとふざけた名を語っているのは、わざと本当の身分や正体を隠すためではないのか」

「へへ、それが旦那、どうも本気でそう思っているとしか思えねぇんです」

留次は、困惑した表情をしながら続ける。

「それにねぇ」

「なんです、雪隠詰《せっちんづめ》にでもに遭ったようなその目つきは」

追及したのはお友である。

「いえね。読本《とくほん》に出てくる源氏の御曹司としか思えねぇような、なんといいますかねぇ、男の色気とでもいいますか。そんな雰囲気があるんでさぁ」

「ふざけないでよ」

お友は、毛羽立った畳のへりをはぎ取りそうだ。

「まぁ、これはお嬢さんにはわからねぇかもしれません」

「どうして私にはわからないんです」

「女だからです」

「馬鹿にしないで。女だからわからないって、なんですか」

ふたりともやめろ、と忠右衛門が仲裁に入ったが、お友の眉はあがったままだ。

「確かめてきます」

立ちあがったお友は、店から表に出た。

伊刈屋は連雀町から須田町《すだちょう》の通りに出たところにある。九郎の住まいは、そこから鍋町《なべちょう》に少し向かったところだ。

店からは百歩も歩かずに行ける。

小走りに向かったお友は、力まかせに戸を開くと、たのもう、と叫んだ。

女の声によるそんな掛け声は聞いたことがない。笛を磨《みが》いていた九郎は、顎《あご》をあげるとにやりとする。

「あの声は。ちゃきちゃきさんですね」

笛を箱にしまってから向かった。

「遅いじゃありませんか」

「は……あぁ、すみません、笛をしまっていたもので」

「笛ですって。そういえば少し前、笛の音が聞こえてきていましたが、あれは」

「はい、私が吹いていました」

お友の目が見開かれた。驚いたらしい。

「そうですか、なかなか風情のある笛の音でした」

「それは嬉しい」

「ですけど、私が尋ねてきた目的は、笛の音を褒めるためではありません」

「そうでしょうねぇ」

「あたなはどこの誰です。私が大家ですからね、いいえ、正確には父親が大家なのです」

「なるほど、それで素性のおかしな者を住まわせるわけにはいかない、と」

「重ねて聞きます。誰なんですか、あなたは」

返答によっては出ていけとでもいいそうである。

「あちこちで聞かれていますが、私の名は源氏九郎義経。九郎と呼んでください」

「ふざけないで。聞いているのは本当の名前です」

「もちろん、ふざけてなどおりません」

「どうして、いまの世に義経さんがいるのです。平泉で火に巻かれたでしょう。あなたはご自分で、巴御前の喉《のど》を突いたのではありませんか」

「私が巴の喉を突いたのですか」

「そうです、いえ、いえ、違います。突いたのはあなたではありません。義経さんです」

「話がとっ散らかっていますねぇ」

「とっ散らかっているのは、あなたです」

「これでは、埒《らち》が明きませんね」

「まったくです」

睨みあったふたりだったが、ぷっと笑ったのはお友が先だった。

「あなたはおかしな人です」

「あなたも十分、おかしな娘さんです」

「もういいです。面倒くさくなったので、九郎さんと呼びます」

「そうしてもらえるとありがたい」

「どこに色気があるのか確かめにきました」

「色気、ですか」

「留次さんが、あなたには男の色気があるといったのです」

「男の色気とはなんですか」

「それを確かめにきたといってるでしょう」

「ははぁ」

「九郎さん、あなたは頭がおかしな人ですね」

「私は頭がおかしいのですか」

「もういいわ」

お友は踵を返して、須田町の通りに出た。残された九郎は、苦笑したままその場に立っている。お友の背中が見えている。怒り狂って帰っていったのかと考えていたが、どうもそれだけではないような気がした。

「どうして、いきなり話をやめてしまったのか」

女の心は読めるのではないかと思っていた。とくに、お友のようにはっきりした意見を持つ女に対しては自信があった。

経験がものをいう、というような類《たぐい》の話ではない。そもそも経験などあるはずもない。なにしろ、雪山に入ったのは十年前だ。いや、九郎自身がその事実を覚えているわけではない。

助けられたとき、そんな会話をしている人たちがいたからだ。

その話のなかから、そうか、十年も眠っていたのか、とぼんやりと頭に浮かんでいただけのことである。

物語のような思考を止めて九郎は苦笑した。本当に自分は何者なのか、己でもいまでは判然をしなくなっているような気がする。己は誰だ。

「いずれにしても、私は源氏九郎義経。それが私の名前だ」

誰がなんといおうと、間違いはない。

外に出てみると、お友が誰かと衝突していた。身体の大きな男だった。

「あれは弁慶ではないか」

お友がいいあいをしている相手を見て、思わずつぶやいた。裹頭《かとう》を被った僧兵の格好こそしていないが、坊主頭に背丈は六尺はあると思える大男である。

思わず九郎は、嬉しさのあまり駆けだしていた。

七

九郎が駆けつけてくるとは気がつかず、お友は叫んでいる。

「どこを見て歩いて……」

「お友ちゃん、どうしたんだい、そんな膨れっ面をして」

「……あら、朝吉《あさきち》親分でしたか」

「この大きな身体も見えないほど、かりかりしていたんですかい」

「そうなんですよ、なにしろ名前を聞くと、なんていったと思います」

「源氏九郎義経ですかい」

「あら、親分、知っているんですか」

「そのかたのところに行く途中なんです」

朝吉と呼ばれた男は、大きく口を開いて笑っている。そこでお友は思いだした。九郎が、弁慶はいないのかといっていた、と留次が語っていたのだ。

「朝吉親分が、弁慶役なんですか」

「さぁ……忠右衛門さんに、九郎さんとかいうお人のところに行ってくれと頼まれたんです」

「そうですか」

なるほど、この身体の大きな親分なら、弁慶として見立てるには十分だろう。そう考えているところに、後ろから足音が聞こえて、お友は振り返った。

「弁慶。会いたかったぞ」

六尺を超える朝吉の前に立った九郎は、おそらく五尺あるかないか。九郎の顔は朝吉の胸までしかない。

その珍妙な様子に、お友は思わず声に出して笑ってしまった。

「親分、やはり弁慶らしいですよ」

「弁慶とはなんです。いえ、弁慶がどんな人かは知ってますが、私が弁慶とはこれいかに」

面食らっている朝吉に、お友は早口でささっと、このおかたの名前は、と一連の話を語った。

じっと聞いていた朝吉だったが、義経やら巴御前、さらに自分が役目を押しつけられそうな弁慶の名前が出てきて、顔を赤くしたり青くしたり忙しい。

「こういうわけなのです」

お友の話が終わるまで、九郎は微動だにせず話を聞いていた。ときどきうなずいたり、否定の顔を見せながらも、一度として話を止めようとはしなかった。

あのぉ、といいながら朝吉は、九郎の顔を穴のあくほど見つめる。

九郎は、笑みを見せながら、

「私の顔は、よほどおもしろいらしいですねぇ」

「顔がおもしろいんじゃありません。おもしろがっているのは頭のほうです」

辛辣《しんらつ》な言葉を吐きだしたお友だが、九郎はにこにこしている。

「そうですか、どうやら私はこのあたりでは変人と思われているようですね」

「江戸の端から端までそうですよ」

またしても、お友の言葉は厳しい。朝吉は苦笑しながら、

「そこまでは思いませんが、弁慶になれというなら、なりましょうか」

「おう、やはり駆けつけてよかった」

「これから九郎さんを訪ねるところでしたから」

「時間の節約ができましたね」

にこにこする九郎の顔を、またしても朝吉は凝視する。

「旦那は、源氏の御曹司、義経さんなんですね」

「源氏九郎義経です。九郎と呼んでください」

小柄だが、背筋が伸びているせいかそれほど小さくは感じない。朝吉の胸までしかないのに、色白も相まって不思議な圧力を感じるのだった。朝吉は、九郎の前に一歩進み出た。

「なるほど、旦那が義経さんだとしたら、弁慶が心酔したのも　なんとなくわかりそうな気がします」

六尺の身体を丸めるような仕草を取りながら、朝吉は答えた。

九郎の住まいから離れた勘解由は、御成《おなり》街道を歩いていた。そのまま直進したら下谷広小路《したやひろこうじ》に出る。不忍池《しのばずのいけ》にでも行って、頭を冷やそうかというところであった。

「あの九郎という若者と話をしていると、妙な気持ちになってしまう。不思議な男だ」

雪山に十年もひそんでいたというのは、真実なのか。そもそも、そんなことができようか。十年前、子どもが雪山に消えてしまったという噂があると、十影たちからの報告があった。

その子どもが、雪のなかで成長したというのも、にわかには信じられない。

成長した結果が九郎なのだとしても矛盾がある。九郎自身は、何歳のころに雪山に入ったのか覚えてないという。ときには、平泉から逃げて雪山にも潜りこんだというような意味の話もしていた。

だとしたら、そのときはすでに二十歳は越えている。

「まったく話がでたらめではないか」

月之介の居場所もわからずじまいであれば、良房とお文の間にできた男の子も居場所もわからない。いままで月之介がどこでどうやってその子を育てたのか、ほとんど不明なのであった。

「こんな馬鹿な話があるだろうか」

まさか、本当に義経というわけはないであろうが、それすら嘘ではないと思えてしまいそうであった。

「あの者は、どこまで自分を義経と信じておるのか」

ついひとりごとが出てしまう。深編笠のなかのつぶやきだから、誰も聞いてはいないだろう。

と、音もなく横に並んだ男がいた。深編笠のなかから勘解由は覗き見る。焙烙頭巾《ほうろくずきん》を被って袖《そで》なし羽織《ばおり》に括袴《くくりばかま》。一見どこぞのご隠居のような雰囲気であるが、足さばきには隙《すき》がない。

「嘉一か。月之介はどこで死んでいたのだ」

出羽守の予測どおり、月之介の死を報告したのは、十影の首領、嘉一であった。

「鳥海山の炭小屋にいました」

嘉一がある炭小屋を突き止めて踏みこむと、そこには月之介とお文の死体が転がっていたというのである。

「誰に殺されたのだ」

「よく殺されたとご存じで」

「おまえのその語り口調を聞いていたら、予測はつく」

「さすが、江戸筆頭家老さまです」

「世辞《せじ》はいらぬ。誰に殺されたのだ。まさか、おまえたちが殺したわけではあるまいな」

「お文も一緒に殺されていました。ふたりとも胸をひと突き。かなりの遣《つか》い手《て》によるものと考えられます」

炭小屋のなかは、それほど荒れた雰囲気でもなかったという。となると、いきなりの襲撃で、月之介はほとんど反撃ができなかったのではないか、と嘉一はいう。

「襲撃したは相手は、おそらくひとりだけかと」

「ご城下に、それほどの剣客はおらぬぞ」

「問題はそこです」

嘉一は、足を止めた。

周囲を見まわして、あちらへ、と勘解由を導いた。歩きながらでは話も進まない、と考えたらしい。御成街道から路地に入ると、しもた屋の跡地のような場所に出た。嘉一は、折れ曲がった松の木の前で足を止める。

「誰かが、若君の命を狙ったのではないかと考えられます」

「調べはついておらぬのか」

「まだ皆目《かいもく》わかりません。ご城下、あるいは江戸屋敷内に若君がいたとして、殺してしまおうと考えるような一味はおりますか」

勘解由は、しばし思案する。

「わからぬ。そのような不届き者がいたら、すぐ目をつけるのは、おまえたちの役目ではないか」

「たしかにそうなのですが」

月之介は江戸から国元に入り、お文を連れてどこぞに行った。十影を動かししばらくはその動向を探らせていたのだが、天にのぼったか地にもぐったか。その行き先を、十影たちは見失ってしまった。

「月之介に、それだけの才覚があったとはなぁ」

そばにいたらよい家臣になれたであろう、と勘解由は続ける。

「藤千代さまのご病気は快癒したとお聞きしました」

「それよ、医師の芳斉はもう死ぬというてたのに、すっかり生き返ったらしい」

「そのような不思議なことがあるものでしょうか」

「事実だからしかたがない。九郎の件にしても、竹藤家にはなにか魍魎《もうりょう》でもついているのではないか」

「魍魎ですか」

勘解由は自分で口に出したのにもかかわらず、苦笑する。

「そのようなことはあるまい。ただの偶然がいろいろ重なったということであろうがなぁ。ところで、月之介とお文の骸《むくろ》はどうした」

嘉一は、国元があっという間に荼毘《だび》に付してしまった、と答えた。

「なんと、炭小屋はどうなっておる」

「なぜか、火に焼けました」

「誰が燃やした」

「土地の者たちは、山火事に巻きこまれたといっていましたが」

「おまえらしくない不始末ではないか」

「申しわけありません。じつは不足しているものがありまして」

「わかった、わかった」

嘉一がいいたいのは、軍資金のことであろう。数年前から嘉一は、十影の軍資金が足りなくなっていると、勘解由に注文をつけていたのだ。

勘解由としては、ある程度の基準は満たしていると思っているのだが、月之介の見張りと警護を頼むようになってから、首領である嘉一の言葉は無碍《むげ》にはできない。

月之介とお文の消息が不明になってからは、雪山を探し、国元からほかの土地までも探しまわって物入りなのです、と嘉一はいう。

「わかった、今回のような不始末が軍資金不足が原因であれば困る」

「申しわけありません」

ていねいに頭をさげる嘉一を見つめながら、勘解由は眉をひそめ、やはり魍魎がおる、と漏らした。

「九郎という若者が現れてから、竹藤家に暗雲が垂れこめてきたように感じるのだが、ただの杞憂《きゆう》であればよいがのぉ」

八

朝吉が弁慶になるとみずからら決めたらしい、とお友は忠右衛門に伝えた。

下駄屋の奥座敷である。

「それはよかった、よかった、よかった」

「三回もいうことですか」

「五回でも百回でもいってやる」

どうしてそんなに九郎に肩入れするのか、とお友は問いただしたいが、どうせ店の格があがるからというに決まっている。

「それよりなにより、あの九郎という人はどこから来たのですか」

「御家老がいうには、出羽の国境にある雪山から出てきたらしい」

「山男ですか」

「そうではない、雪のなかに十年間、眠っていたのだ」

「まるで熊《くま》ですね。でも、熊は一年で冬眠から覚めます。それに、人は十年間も雪のなかで眠っていることができるのでしょうか」

「本人がそういうのだからしかたあるまい」

「嘘に決まってます」

「嘘か本当かは問題ではない。とにかく、店の格あげのためには、少々おかしな話でもなんでもかまわぬのだ」

お友にはいろいろ反論がありそうだが、言葉にはしなかった。

店のほうから声が聞こえて、お友は父から離れた。出てみると、うろうろしているのはどこぞの坊さんのように見えたが、すぐ誰か気がつき笑みを浮かべた。

「その身体の大きさは隠せませんよ、元相撲《すもう》取りの岡っ引、朝吉さん。なんです、その格好は」

普段の朝吉は、股引《ももひき》に尻端折《しりはしょ》り姿である。十手《じって》は持っていない。手製の十手を持っているような仲間もいるが、

「この身体が十手代わりです」

そういって、十手などなくても身体の大きさだけで悪人たちを捕縛することができる、というのだった。

しかし、眼の前にいる朝吉は、いつもとは異なっていた。坊主頭はそのまま隠してはいないが、白い股引に尻端折り。胸に大きな数珠《じゅず》をさげ、手には刺股《さすまた》を抱《かか》えている。

「なんです、その山法師《やまぼうし》のできそこないみたいな格好は」

山法師とは、比叡山《ひえいざん》の僧兵のことだ。

「頭には裹頭《かとう》を巻き、法衣は墨の裳付《もつけ》、石帯《せきたい》を巻き、括袴に脛巾《はばき》。これはいずれも白だな。裳付の下には胴丸《どうまる》の鎧。足駄《あしだ》を履き、腰には革包の太刀、そして薙刀《なぎなた》を持っています」

誰がしゃべっているのかと、お友と朝吉は後ろを振り返ると、

「九郎さんでしたか。どうりでくわしいと思いました」

朝吉が目を輝かせている。

お友は、そんな朝吉の姿を気持ち悪そうに見ながら、

「どうしてそんなにくわしいのです……と聞いても、私は源氏九郎義経だから、と答えるんでしょうねぇ」

「そのとおりです。弁慶から教えてもらいました」

お友は、九郎を胡散《うさん》くさそうに見つめる。

「そんなことは、ちょっと調べていたらわかることですからね」

「たしかにそうですね」

反駁《はんばく》せずにいる九郎に、お友はまたもや胡散くさそうに腕を組んで問いつめた。

「弁慶さんとは、どこで別れたのですか」

「平泉です。私は持仏堂に入ってそこから逃げました」

「そこで弁慶さんは亡くなったのでしょう」

「さぁ、私はその現場は見ていませんから、どうなんでしょうねぇ」

「弁慶の立ち往生《おうじょう》という言葉が残っていますよ」

「知ってます。弁慶にはいろんなところで助けてもらいました。これから一緒に、この江戸の町で暮らそうぞ」

「え……一緒にですか」

弁慶こと朝吉は驚愕する。一緒に暮らすとは住まいもか、と驚いたらしい。

「いや、もちろん住まいは別です」

「ですよねぇ」

「一緒に住む人はいないが、忠右衛門さんがいろいろ私のお世話をしてくれる人を紹介してくれました」

「なんですって。九郎さんのお世話をするですって」

「はい、食事を作ってくれたり洗濯をしてくれたり、掃除をしてくれたり、とお園《その》さんを紹介してくれましたよ」

あぁ、お園さん、とお友と朝吉は同時にうなずいた。お園は錨長屋に住む後家さんだ。すでに四十を過ぎている。十三歳の女の子がいて、その子とふたり住まいである。

もうひとり子どもができたとでも思って、九郎の面倒を見てやってくれと、忠右衛門から頼まれたというのであった。

おそらくは、忠右衛門から働き分の金子《きんす》は渡されているのだろう。大元《おおもと》は、勘解由から出ているのかもしれない。

九郎にとってお金の出どころなどは興味はない。そんなことより、食事などの世話をしてくれる人がいるほうが大事な話だ。

お園さんは口は悪いけどいいひとです、とお友は太鼓判《たいこばん》を押す。面倒を見るといわれて、おかしな方向を考えてしまったのは、自分を巴と一緒にした九郎の言葉が残っていたからだ。

でなければ、どうして気持ちが揺れたのか理由がわからない。それにしても、九郎が誰と一緒に暮らそうが、そんなことはお友にしたらどうでもいいことではないか。

それがどうして。

お友は自問するが、途中で回答を放棄した。そうしなければ、己の心が見透かされてしまうような気がしたからである。誰に見透かされてしまうのかわからぬが、とにかく、お友は自問への回答を捨てたのである。

さらに、見透かされてしまうとはなんだ。自分が自分で判断できぬ思案の境界を、堂々めぐりしていていると感じている。

「九郎さん、朝吉さん……いいえ、弁慶さんの呼び名がいいのですか」

「弁慶でも朝吉でもどちらでも、私はかまいません」

朝吉は、九郎をちらりと見た。

「私も、みなさんが好きな呼び方をしたらそれでかまいませんよ」

流し目とも、見ようによっては色目とも思える視線を、お友に送った。

「な、なんです、その目つきは。私にはそんな邪《よこしま》な目つきを送ってきても、効きませんよ」

「おや、べつに目的を持って見つめたわけではありませんよ」

笑みを浮かべながら朝吉に近づくと、

「この刺股は、いかにも大きすぎますねぇ」

朝吉から受け取ると振りまわそうとするが、身体が持っていかれそうになる。

あわてて、朝吉が手助けをするが、

「弁慶、これは長すぎますよ。普段、持ち運ぶにも邪魔ではありませんか」

「たしかにそんな気がしますが」

「せいぜい六尺くらいにしたらどうですか」

と、にこりとする。その流し目ともなんとも思えぬ目つきに、朝吉は背中がぞくりとした。

そこに、巻羽織に裏紺《うらこん》の白足袋《しろたび》を履いて、十手を腰の後ろに差した同心がやってきた。

「おい、朝吉、こんなところでなにをやっているんだ。死体があがったぞ。殺されたのか、ただの土左衛門《どざえもん》か調べる」

「野上《のがみ》の旦那、死体はどこです」

北町定町廻り同心、野上矢之助《やのすけ》である。矢之助は朝吉に向けて、死体が新大橋《しんおおはし》の橋桁《はしげた》に引っかかっていたと告げたのだが、

「おい、なんだおまえ、その格好は。まるで……」

「弁慶ですかい」

「あ、あぁ、そうか。そうだ、弁慶だ。もっとも、頭に白い頭巾がないからすぐは気がつかなかったが、なにをとち狂っているんだ」

いい終えると、矢之助はそばでにこにこしている小柄な男に気がついた。

「この辺じゃ見たことのねぇ顔だな」

「はい、源氏九郎義経といいます。九郎と呼んでください」

「なんだい、湯島《ゆしま》の小屋掛《こやが》け芝居《しばい》か、奥山《おくやま》の見世物小屋《みせものごや》から出てきた役者さんかい」

「はて」

九郎は、意味がわからぬという顔をする。

「なんだか、歯ごたえのねぇ野郎だなぁ」

矢之助は九郎を気持ち悪そうに見つめた。

「五条大橋《ごじょうおおはし》なら、私は得意です。その死体が殺されたのかどうか、一緒に調べにいきましょう」

「なんだい、あんたは。ここは京の町じゃねぇぜ。五条大橋ではなくて、新大橋だ」

「それでも問題はありません。弁慶、私も行くぞ」

へぇ、と返答しようとした朝吉だったが、矢之助の表情を見て手を引っ張ると少し離れていった。朝吉は、身振り手振りを加えながら口を動かしている。九郎についてて語っているのだろう。

お友はふたりと九郎を交互に見つめながら、今後、どんな動きになるのか、興味津々《しんしん》といった表情である。

「お友さん、一緒に暮らしませんか」

「馬鹿じゃないの」

「そうかなぁ。巴にそっくりなのだがなぁ」

朝吉と矢之助が戻ってきた。矢之助が九郎を見つめる顔は、神田川《かんだがわ》を泳ぐ鯨《くじら》を見るようである。

ぼきぼきと音が聞こえた。朝吉が刺股の長さを調整している音だった。ちょうどいい長さになると、朝吉は九郎のそばに寄ってきた。

「九郎さん、行きましょう、五条大橋へ。弁慶お供つかまつります」

新大橋だ、馬鹿、とつぶやいた矢之助の声は、おりからの突風に流されていた。

第二話　新大橋の舞

一

　新大橋は元禄《げんろく》六年に建てられた隅田川《すみだがわ》に架かる幅十四間、長さ百十六間の大きな橋である。大川橋の下流に架けられて、何度も流されたり焼けだされたりといわくつきの橋であった。

　その欄干《らんかん》から、死体が縄でぶらさがっていた、という。

　三人が新大橋に着いたときには、死体は河原に横たわっていた。そばに矢之助とは異なる同心がいた。矢之助はその顔を見ると眉を寄せ、高柳格之進《たかやなぎかくのしん》だとつぶやいた。

　薬箱のようなものを抱えている医師らしき男が、死体を調べ終えたところなのか、菰《こも》を被せるところだった。

すぐに小者《こもの》が寄ってきて、矢之助に語りかける。死体の様子を説明しているらしい。九郎は聞き耳を立ててみたが、内容までは聞こえてこない。朝吉は周囲を探っているのか、うろうろと歩きまわっていた。

坊主頭で胸に数珠をさげて刺股を手に抱えているという珍妙な格好を見て、まわりはお化けでも見たように引いてる役人もいる。朝吉はそんな目も気にせず、手がかりを探しているようであった。

「九郎の旦那」

「旦那はいりませんよ」

「では、九郎さん。こんな物が落ちていますが」

朝吉が九郎を招いて、河原から土手のほうへ少しのぼった場所に連れていく。そこには、血溜まりがへばりついた石が転がっていた。

「ここで殺されたのでしょうか」

朝吉が、石を拾おうとしたとき、矢之助の足音が聞こえた。

なにをやっているのだ、と聞きながら朝吉の足元を見る。血溜まりがくっついている石を見て、

「なんだか嘘くせぇ血の塊《かたまり》だな」

しゃがんで血溜まり石の周辺の石を転がした。

「血がついているのは、これだけだ」

矢之助は首を傾げながら周辺を歩きまわるが、ほかに血の着いた石はなさそうであった。

「こんなくだらねぇ仕掛けをしたところを見ると、この下手人は馬鹿だな」

九郎はにっこりしながら、矢之助の言葉にうなずいている。

「矢之助さん、死体はあそこに最初から転がっていたのですか」

よけいな口出しはするな、といいそうになったが、色白の顔を見た瞬間、

「いや、最初は欄干から縄がぶらさがっていて、そこに死体が括《くく》られていたらしい」

と答えてしまっていた。

「弁慶、橋にあがってみよう」

そういうと、小柄な身体をすぅっと動かした。水すましが水の上を滑《すべ》るような流れる足さばきに、朝吉と八之助は目を合わせている。

橋の上にあがった九郎は、なにやらなつかしそうに周辺を見まわしている。

「なんとなく見覚えがあるような気がします」

「あんたは京からやってきたのではなかったのかい」

矢之助が、茶々《ちゃちゃ》を入れる。

「はい、そうです。もちろん五条大橋とは違うところもありますが、橋の上から見える景色は、なんとなく似ていますからね」

「それで見覚えがあると」

「はい、そんな気がしました」

九郎は矢之助よりも背丈は低い。かすかに見あげるような目つきで見つめられて、矢之助はなぜかどきりとする。

そんな自分に驚きながら、矢之助は橋の真ん中あたりまで進んだ。

「このあたりだな、死体がぶらさがっていたのは」

覗きこむと、菰を被せられた死体があった。

「そういえば、矢之助の旦那。死体は女の格好をしていた、という話ですが」

「あぁ、見つけた野郎がいうには、夜明け前のことだったそうだ」

千鳥足《ちどりあし》で橋を渡っていると、欄干からなにかぶらさがっていて、それが風に揺れているように感じた。

欄干から下を見たら、女の襦袢《じゆばん》姿が見えた。身投げでもしたのかと思って縄を手繰《たぐ》り寄せると男だった、ということらしい。

「どうして、女物の襦袢を着ていたんですかねぇ」

朝吉が不思議そうにつぶやく。

「死んだのは、湯島の宮地芝居《みやじ》に出ている女形《おやま》だ」

名前は、沢田巳之吉《さわだみのきち》というらしい。

「女物の襦袢を着ていたことも謎ですが、どうして欄干から縄がぶらさがっていたのでしょう」

「宮地芝居の役者なんぜ、なにをするかわからねぇもんよ」

どうやら矢之助は、役者が嫌いらしい。

「では、旦那は事故だと」

「死体に刺し傷などはなさそうだったからな。ただ、首には絞められた痕《あと》があったという話だ」

「それなら事故ではありませんや」

「あぁ、殺しかもしれねぇ。おれの先に来ていた高柳さんが、医師を連れてきてたらしい。その医師が、これは事故ではない、といったと聞いた」

「その医師の名はわかりますか」

九郎が聞いた。

「さぁな、そんなことはおれには関係ねぇ」

その返答に九郎は首を傾げながら、

「その医師に会いたいのですが、なんとかなりませんか」

朝吉は、首をひねりながら、

「会ってどうするんです」

「死体の首にどんな痕がついていたのか、そこを知りたいのです」

縄が首を絞めていたのか、それとも胴体を縛っていたのか、それを知りたい、と九郎はいった。

「あぁ、それなら聞いている」

死体が発見されたとき、縄は首に引っかかっていた。死体は首を縄で絞められて死んだのだろう、と医師が語っていたというのである。

「だがな、医師が殺しだといったのには、ほかにも理由がある」

それは、首に人の手形がついていたというのであった。すると九郎は、死体を見たいといった。

「私は、戦場で多くの死体を見てきました。ですから、死骸を見たらその背景が想像つきます」

「へぇ、そんなものかねぇ」

矢之助は、九郎の言葉を不思議そうに聞きながら、

「それなら、高柳さんに頼んでもいいが、おれはあの人は苦手なんだ」

さきほどから感じられる矢之助のやる気のなさは、そんなところにもあったのだろうか。

「それなら、自分の目で見たほうが早ぇんじゃねぇのかい」

「それはもちろんです。見られるのですか」

矢之助は、橋の下に視線を送る。九郎は欄干をじっくりと眺《なが》めていたが、

「こんな足跡があります」

欄干の上に、わずかに汚れた場所があった。朝吉はどれどれと目を凝《こ》らすと、

「足の指のようですねぇ」

「誰かが欄干にあがったということですね」

「しかし、こんな場所にのぼることなんざできませんよ。誰かが悪戯《いたずら》でくっつけただけではありませんか」

「私はできます」

そういうと、九郎ははっと息を吐くと同時に、新大橋の欄干に身体を飛びつかせたのである。その華麗な身軽さに、朝吉は驚くしかない。

「さすが牛若丸さん」

「そういえば弁慶。おまえは私とここで戦ったのだな、なつかしいのぉ」

突然、言葉遣いが変化した。目を見開いた朝吉はにやりとすると、えい、と叫んで抱えていた刺股を振りまわした。

「ちょこざいな、これをくらえ」

振りまわした刺股を朝吉は、九郎に目がけて飛ばそうとした。

「なに遊んでいるんだ、馬鹿め」

矢之助の声がして、朝吉は途中で刺股を止めた。

ふわりと矢之助の前に、九郎がまるで羽衣《はごろも》のように舞いおりた。

「矢之助さん、江戸に女の傀儡《くぐつ》はいませんか」

蝶《ちょう》のように欄干からおりた九郎の顔を、矢之助はむっとして見つめる。

「いまの言葉でいえば、軽業《かるわざ》を使う女といえばいいでしょうか」

「女軽業師のことか」

矢之助は朝吉に、知っているかと目を向けた。

「それならいますよ、巳之吉の相手と思われる女がいます」

同じ湯島の宮地芝居に出ている女で、けれんを見せている女役者がいるそうだ。

「伊賀《いが》あやめという芸名で出ています。飛魚《とびうお》をもじったのか、飛びあやめと呼ばれています」

飛びあやめ、と九郎はつぶやいた。

「そいつらの男女関係が、こんな大きな話になったのかもしれねぇ」

朝吉の話を聞いた矢之助がつぶやいた。

「まぁ、それについちゃ、調べたらはっきりするだろう。高柳さんは帰ったらしい。いまなら死骸を見られるぜ」

そういうと、死体を運ばれる前に見てしまおう、と矢之助はいう。

「さっき聞いたんだが、この死体の男と、もうひとり人気者がいるそうだな」

「立川完之丞《たてかわかんのじょう》とかいうやつでしょう。荒事《あらごと》が得意で、天井からバク転をしながら落ちてくるとか。人に囲まれた瞬間に、そいつらをひとっ飛びで乗り越えるとかで、女たちに人気があるそうです」

「朝吉、おめぇ知っているのか」

「いえ、お友さんが二、三日前に、湯島で芝居を見てきたといってました。その立川がご贔屓《ひいき》だとか、いろんなことをいってましたから覚えていたんでさぁ」

「あぁ、下駄屋の娘か」

「巴ですね、一緒に暮らせたら嬉しいのですけどねぇ」

あっけらかんとそんな台詞を吐いた九郎を見つめて、矢之助は呆《あき》れている。

巴が聞いたら卒倒《そっとう》するか、手裏剣《しゅりけん》でも投げそうである。

矢之助は苦笑しながら、朝吉に告げた。

「湯島境内《けいだい》の宮地芝居なんざ、へとも思いたくはねぇが、人が殺されたとしたら放っておくわけにはいかねぇなぁ」

「旦那、宮地芝居を馬鹿にしちゃいけません」

浅草の大芝居とは異なり、眼の前でとんぼをきったり、人が消失したりする仕掛けは目の保養になります、と朝吉は笑う。

「それは私も見たいものです」

答えたのは、九郎である。

「九郎さんも興味がありますかい」

「あります。死体を見たら、すぐに連れていってください」

「沢田巳之吉が死んだんじゃ、芝居は中止でしょう」

「かまいません。楽屋がどんなふうになっているのか、また、沢田巳之吉や立川完之丞についても、聞きこみができたらいいと思っています」

朝吉はうなずいた。

二

菰をめくった九郎は、首を熱心に見ている。襟《えり》を広げると、次に身体を裏側にした。盆《ぼん》の窪《くぼ》あたりを見ながら、

「弁慶、ここを」

へぇと答えて、弁慶こと朝吉は巳之吉の首の裏を見た。

「なにか傷がついてますね。これはなんでしょうねぇ」

「誰かに殴られた痕ですね」

だが、見たところ、それが致命傷とは考えられない。やはり、死因は首を絞められたからだろう。

手形が首に残っていた。九郎はその手形をじっくり見ている。

手形の上には、縄目も残っている。九郎は、誰かが一度首を絞めてから縄をか

けたのかもしれない、とつぶやくと、

「弁慶、この手形を写し取ってください」

「この手をなぞるんですかい」

九郎は、はいといってうなずいた。

「けっこう大きいですね」

朝吉が自分の手と比較する。もとは朝吉山《あさきちやま》という相撲取りだったらしく、手も大きい。ある程度の力で絞めなければ、これだけの痕は残らないのではないかと思われた。

「男の手でしょうねぇ」

「相撲取りかもしれませんね」

「はぁ、そうでしょうか」

複雑な顔をする朝吉に、九郎はにこりとしながら、

「誰も弁慶の仕業《しわざ》とは思っていませんから」

「もちろんですよ、あっしは岡っ引ですから」

「岡っ引とは、検非違使《けびいし》みたいな存在ですか」

朝吉には、その検非違使がわからない。九郎は不思議そうな顔をしながら、

「平安の世では、町の乱暴者や盗人たちを取り締まっている者たちを、検非違使と呼んでいました」

「ははぁ、そうなんですかい。まぁ、あっしたちも悪人を取り締まる役目ですからね、似ているかもしれません」

「そうですか」

途中からその話には興味をなくしたのか、九郎の目は首についた手形に向けられている。

「なにか、気になることでも」

朝吉が尋ねると、九郎は目を細める。

「よく見たら、この手形だけではなく、もうひとつ、手形があるような気がします」

本当ですか、と朝吉はしゃがみこんで首筋を確かめる。後ろでやる気のなさそうな顔をしていた矢之助も、興味を持ったのか、朝吉と一緒に覗きこんだ。

「あ……九郎さんのいうとおりです。大きな手形の下に、女の手のように見えますが、小さな手形らしき痕が隠れているようです」

朝吉は、首筋に触れながら襟をさらに広げた。

「こんな傷をよく見つけましたね」

「戦場では、どんな傷でも治療をするために、いろいろ見なければいけない。私は大将として、部下たちを大事にしたいのです」

「そういえば、沢田巳之吉という男は、女形をやっているくせに女に手が早ぇという噂を聞いたことがあります」

お友が巳之吉ではなく、完之丞のほうを贔屓にするのは、そんなところが気に入らないからだ、ともいっていたという。

「そうなんですか。お友さんは女癖の悪い男は嫌いなんですねぇ」

「御曹司は、女癖が悪いわけではありません」

巴は側室だ。義経には巴のほかに正室がいたはずだ。それを九郎は気にしているのかもしれない。

高貴な男たちは、正室のほかにも側室を多く持つ。平安の時代は正室はひとりだけだが、妻を数人持つことができた。

「九郎さん、この女の手をどう思いますか」

「そうですねぇ、この橋には、巳之吉のほかにふたりいたということでしょうか。この手形のふたりが下手人につながるかもしれません。弁慶、この手形も書き写しておこう」

わかりました、と朝吉は矢立《やだて》を取りだした。

朝吉が手形を写し終わったところで、湯島に行ってみましょうと告げた。矢之助はまだ首元を見つめながら、やたらと首を傾げていた。


澤田巳之吉一座の座頭は、当然、巳之吉だが、舞台を仕切る男がいた。名を現兵衛《げんべえ》といい、小屋主との折衝《せっしょう》などをおこなっているという。舞台を円滑《えんかつ》に進めるためには自分が必要なのだと、現兵衛は突然訪問した役人と九郎に答えた。

現兵衛の部屋は四畳半程度だが、隅には書物が積んである。そのなかに、大福《だいふく》帳《ちょう》のようなものも積まれている。九郎が見つめていると、

「あぁ、それは芝居のための台本ですよ」

すべて取ってあるのだと現兵衛は笑った。

「こんな商売の性分でしょうか。どんなものでも、書いたものはすべて残しておきたいんですよ」

「それなら日記なども残っているんですね」

九郎が問うと、もちろんです、と答えた。座頭が死んだせいだろう、現兵衛の声には張りがない。

「巳之吉と飛びあやめは、いい仲だったらしいな」

矢之助は現兵衛の気持ちなど忖度《そんたく》していない。

「はい、そうでしたね」

「三角関係などはなかったかい」

続けて矢之助が問うと、現兵衛はおおげさとも思えるため息をつきながら、

「それがあったんです。この澤田巳之吉一座は、もちろん巳之吉さんの女形姿で人気を保《たも》っているんですが、近頃はそこに荒事の立川完之丞が加わったんです」

「どこかから引っ張ってきたのか」

「上方《かみがた》で人気を博《はく》していたらしいですが、私はよく知りません」

巳之吉が連れてきたのだ、と現兵衛はいう。

「しかし、この立川完之丞という男が、どうにもならねぇやつでしてねぇ」

なんと、飛びあやめにちょっかいをかけはじめたのだという。当然、巳之吉は怒り狂う。だが、そこで問題だったのは、あやめがなんとなく立川完之丞のほうに気持ちが動きはじめたことだった。

「もちろん、巳之吉としてはおもしろくありません」

現兵衛は話をしながらも、げんなりしている。よほど三角関係が嫌だったのか、それとも興行ができなくなって気落ちしているのか。おそらくは両方だろう、と朝吉は現兵衛の疲れ果てた顔を見つめている。

すると、九郎がいきなり問いかけた。

「現兵衛さんと巳之吉さんの仲はどうでしたか」

「巳之吉さんとですか。もちろん、よかったですよ。長年、行く先々の土地で興行を一緒に開いてきたのですから」

もう十年以上は手を組んでやってきた、というのだ。

「では、立川完之丞さんとの仲は」

「べつに、よくも悪くもありませんでしたねぇ。立川完之丞は、巳之吉さんが連れてきた人ですからね」

「そうですか、では、三角関係をくわしく教えてください」

現兵衛は、どうして自分とふたりとの仲を聞かれたのか、と思ったのだろう。不思議そうな目つきをしながら、話を続ける。

「三角関係といいますか、まぁ、あやめさんの気持ちがどうして傾《かたむ》いてしまったのか、私には想像もつきませんね」

「つまりは、飛びあやめの気持ちは、巳之吉から立川完之丞に飛んでいったと、そういうことですね」

九郎は、にこにこしながら問い続ける。江戸の人間では珍しい色白と総髪姿は、医師か遊び人かという雰囲気だが、そのどちらとも見えない。

といって侍にも見えない。楽屋に入るときには、刀を肩に担いでいた。いまは横に置いているので、裸腰だが、それがなぜか怪《あや》しげな雰囲気を出している。

九郎の不思議な態度と、まるで弁慶のできそこないのような朝吉の格好をちらちら見ながら、現兵衛はため息をつく。

「あの三人がおかしな関係になったのは、いまからひと月前、いや、もうちょっと前だったかもしれません」

「飛びあやめが、立川完之丞に気を移すきっかけのようなことがあったのかい」

朝吉が確かめる。

「それは、なんでしょうかねぇ。噂ですから」

「巳之吉が殺されているんだ、はっきりしねぇか」

大男の朝吉に脅されて、現兵衛は首をすくめた。

「わかりました、これは一座のなかの者から聞いた話です」

そう断ってから、現兵衛は語りはじめた。芝居の途中の話だと説明しながら、

「舞台の上に田舎道のお堂があります」

「おいおい、物語を全部話すんじゃねぇだろうな」

矢之助がうんざりした顔で叫んだ。

「違います、まぁ聞いてみてください」

その田舎のお堂の前での幕場でした、と現兵衛は続けた。

女盗賊役の巳之吉が、お堂の前で周囲を見まわし、そのなかに隠れようとする。お堂のなかには先客がいて、それが立川完之丞とあやめだった。ふたりは、役の上での恋仲で、お堂のなかが暗いのをいいことに、抱きあっているという場面であったという。

巳之吉が扉を開いたとき、なかにいた立川完之丞とあやめが、怪しげな絡《から》み方をしていた、というのである。

「役の上ですから、その程度のことは問題にはなりません。ところが、お堂の扉を開いた瞬間、ふたりっともハッとして飛び跳ねたように見えたんですよ」

「それがどうしたんだい、演出じゃなかったのかい」

「まぁ、色っぽいことをしていたというふうには、ト書きに書かれていましたけどね」

「なら、芝居上での話だろう」

矢之助はあまり真実味を感じていないらしい。

「しかし、その日からあやめさんの態度に変化が生まれたと、巳之吉さんはいってました」

「へぇ、じゃ舞台の上でなにかあったというのかい」

「怪しげな話が出まわっていましたが、衆人の前……といってもお堂のなかですから外からは見えませんが、だとしても、ふたりの間でなにかが起きていたと考える仲間たちが多かった、とそんなわけです」

朝吉は話が終わったところで、九郎に目を送った。

「おもしろい話ですね。舞台の上で隠れてふたりの間になにか起きていたとしたら、巳之吉さんがやきもちを焼くのも当然の話でしょうねぇ」

「それが、三角関係のはじまりだというのかい」

矢之助が、面倒くさそうに聞いた。

「わたしには、はっきりしたことはわかりません」

現兵衛は、疲労を煮つめたような顔をしながら答えた。

「立川完之丞とあやめはどこにいる」

「それが、ふたりとも今日はここには来ていません」

「ふたりの住まいはどこなんだ」

あやめも立川完之丞も同じ宿にいる、という。

「どこなんだ、その宿は」

現兵衛は池之端仲町《いけのはたなかちょう》にある船宿だと答えた。不忍池で舟遊びをするために建てられた、小さな宿だと付け足した。

三

湯島天神の男坂《おとこざか》をくだりながら、矢之助は、思ったより簡単だったな、という。

「どうしてです」

朝吉が、刺股を肩に担《かつ》ぎながら階段をおりていく。

「巳之吉の首の傷を見たら、小さな手と大きな手で絞められていた」

「へぇ」

「つまりだ、小さな手は伊賀あやめで、大きな手は立川完之丞だろう」

「ありそうなことですね」

「しかも、三人は三角関係にあった」

「あやめと立川完之丞が、邪魔な巳之吉を追っ払おうとした……そんな話ですかねぇ」

　朝吉は、なんだか簡単すぎるなぁと刺股をぐるんとまわす。

「こら、危ねぇよ。こんなところでまわすな」

「へぇ、すみません」

　謝りながら、朝吉は遅れて階段をおりてくる九郎を待った。

「九郎さん、どうしたんです、そんな胡麻《ごま》の蝿《はい》に遭ったような顔をして」

「胡麻の蝿に遭ったような顔とは、これまたおもしろい」

「へぇ、江戸っ子は、そんな戯言《ざれごと》をいうのが大好きなんです」

「弁慶は比叡山育ちではなかったのですか」

「あ、まぁ、それはそうなんですが、いまは江戸にいますから」

「ちゃきちゃきか」

「どうですかね。まぁ、ちゃきちゃきの部類に入るとは思います」

ちっと舌打ちが聞こえてきた。矢之助が、くだらねぇことをいっている場合じゃねぇ、とつぶやいた。

「おう、おふたりさん。早く池之端の船宿まで行かねぇと、立川完之丞とあやめに逃げられるぜ」

「飛びあやめですからね、飛んで逃げるかもしれませんね」

たいしておもしろくもないのに、九郎は自分でしゃべって大笑いをしている。

不機嫌な表情で、矢之助は朝吉の背中をどついた。

「旦那、なんです」

「おめぇが、あんなおかしな野郎を連れてきたから動きが遅ぇんだ」

刺股を指さしながら毒づいた。

「あっしはなにもしていませんぜ」

「そんなことはねぇ、おめぇが……あ」

途中で矢之助は言葉を切った。

後ろを向きながら矢之助と会話を交わしていた朝吉は、なにが起きたのかと階段の下を見ると、

「あ……」

同じように、朝吉の足も止まった。

九郎は、前がつかえたために同じく階段の途中で止まっている。

「おふたりとも、どうしていきなり止まったのです」

おりられませんよ、といおうとして、坂下に同心とその手下らしいふたり組がこちらを見あげている様子に気がついた。

「ははあ、あのふたりを見て、足が止まりましたね」

矢之助は、まさか引き返すわけにもいかず、しかたなさそうに、ゆるゆるとおりはじめた。

下にいた同心は、意地の悪そうな目つきをしながら坂を見あげている。となりにいる、手下の岡っ引らしき男となにやら会話を交わしていると、いきなりげらげらと笑いだした。

おりてくる三人にも聞こえるような大きな声だった。

「これは、高柳さま」

「おう、誰かと思ったら……誰だっけな、おめぇは」

にやにやしながら、高柳格之進は矢之助を揶揄《やゆ》する。

「そういえば、さっき新大橋でも会ったような気がするが」

「はい、さきほどは失礼いたしました」

「失礼なことを、おめぇはやったのかい」

「いえ、そういうわけでは」

「まぁいい。おめぇ、ここでなにをしている」

「はい」

　矢之助が返答に困っていると、朝吉が前に出て、

「旦那、いつもうちの蕎麦屋《そばや》に来ていただいて、ありがとうございます」

「……おまえ、誰だっけ。うちの奉行所に、そんなおかしな格好をした岡っ引がいたっけかなぁ。おい、ごま六、おめぇなら知ってるだろう」

　へぇ、とごま六と呼ばれた岡っ引は苦笑しながら、

「旦那、あっしはごま六ではなくて、駒六《こまろく》ですから」

「おう、そうだったな、まぁ、駒もごまも似たようなもんだろう。そんなことより、このやたらでかい男を見たことがあるかい」

「へぇ、ひと月くれぇ前から、そこの野上の旦那が手札《てふだ》を与えた朝吉山です」

「朝吉山とはなんだい」

「その四股名《しこな》で、勧進《かんじん》相撲に出ていましたから」

「へぇ、相撲取りだったのかい、おめぇさんは」

じろじろと朝吉を頭から足先まで眺めると、いきなり笑いだした。

「相撲で負け続けて、御用聞きになったのかい。どうせ、その身体だ。頭もまわらねぇ穀潰《ごくつぶ》しだろう。がはははは」

矢之助と朝吉は言葉を失っている。格之進はさらに続けた。

「おうおう、そういわれてみたら思いだしたぜ。そこの身体のでけぇ坊主頭は、須田町の蕎麦屋で見たことがあるぞ、そうか、おめぇの家だったのかい。あのまずい蕎麦は、江戸一だからな。あんな味が出せるのは、おめぇのところだけだろう」

矢之助と朝吉は沸騰《ふっとう》しそうになっているが、必死にこらえている。父親の蕎麦をけなされて、朝吉はかっとなって刺股を振りまわしそうだった。

「それに、そこの白いお化けみてぇなのはなんだ」

とうとう九郎にまで、お鉢《はち》がまわってきた。

「なんだか知らねぇが、そこの大男の格好を見ていると、さしずめ義経とできの悪い弁慶みてぇじゃねぇかい」

高笑いを続けながら、格之進は腹を叩いている。

「よくおわかりになりましたねぇ。さすが、江戸の検非違使は違います」

九郎が静かにおりはじめた。

「なんだと、けび、なんだと」

「検非違使ですよ。知りませんか。まぁ、いいでしょう。その程度の頭だということがわかりましたから」

「て、てめぇ、色が白いからといって偉そうにするんじゃねぇ。その小せぇ背丈で、おれの尻《しり》でも舐めるんだな」

がははは、と下卑《げび》た笑いをする格之進を相手にしても、ニコニコしながら怯《ひる》むことなく九郎は近づいた。

「女性のお尻ならともかく、男のお尻は舐めたくありませんねぇ」

九郎の応対に、格之進はのけぞりそうになった。

「てめぇ、うまいことをいったと思ってるな」

「思っていませんよ。べつに普通の返事をしただけです。それとも、高柳さんは、女のお尻より男のお尻のほうがお好きですか」

「ふざけるな」

「いえいえ、まったくふざけてはいません。真面目ですよ、私は」

「だいたい、てめぇは誰だ。名を名乗れ」

「源氏九郎義経。九郎と呼んでください」

目を見開いて駒六を見た。

「おい、聞いたか、この野郎の名前を」

「へぇ、聞きました」

「いま、なんていった」

「なんていいましたかねぇ」

「聴いてなかったのかい」

「聞いてましたよ」

「じゃ、なんていったんだ。どうも俺の耳がおかしくなったような気がするからな。おめぇに聞いて確かめるんだ」

「確かめるんですか。あっしも確かめてぇんですが」

「やかましい、早く聞いたとおりのことをいえ」

「源氏九郎義経、九郎と呼んでください。そうあっしには聞こえました」

「同じように聞こえた」

九郎は、首をかすかにあげてふたりに告げる。

「おふたりさんの耳は間違っていませんよ」

「おい野上、こいつは頭がおかしいのかい。おめぇさんは、こんなやつを手下に加えたのか。おめぇも終わりだな」

格之進は呆然と突っ立っている矢之助に向けて、言葉を投げつけた。

朝吉は、父親が茹でる蕎麦をけなされた恨みだろう、まだ身体をぶるぶると震えさせている。

これが続くと、格之進を刺股で突き殺すのではないか、と思えるほどである。

六尺もある元相撲取りの身体が小刻みに震えるさまは、見ていると滑稽《こっけい》だが、本人にしてみると耐えがたい屈辱であろう。

矢之助も我慢の限界を超えたらしい。

「高柳さん、そのへんでやめてくれませんか。それ以上……」

矢之助はそこで止めた。

「おやぁ、それ以上なんだい。あぁ、それ以上、なんだってんだよ」

格之進は矢之助のそばに寄って、胸を何度も小突いた。

「ほら、いってみろよ、なんだってんだ、それ以上、なんだというんだ」

今度は、頬《ほお》を何度か叩いた。

矢之助の頬を叩きながら、大笑いしようとしたその瞬間であった。

わっと叫んで、かくんと身体を曲げると、格之進はその場にひっくり返ってしまったのである。なにが起きたのか、理解した者はいない。

駒六があわててそばに寄って起こそうとする。その手を振り払った格之進は、後ろに顔を向けた。

「やい、そこの頭のおかしいの。てめぇ、なにをしやがった」

言葉の先では、九郎がいつものごとくにこにこしていた。

「はい、ちょっと後ろから両足の膝《ひざ》を突いただけです。思った以上にうまくいきましたね」

「馬鹿にしやがって」

格之進は、真っ赤な顔をしながら九郎を睨《にら》みつける。裾《すそ》をはたきながら立ちあがると、そばにいた駒六を突き飛ばした。

「どけ。あの野郎、ぶっ飛ばしてやる」

そうはいきません、といって格之進の前に立ちはだかったのは、朝吉だった。

「九郎さんに手を出すなら、あっしを踏み台にしてもらいましょう」

どんと刺股を地面について、六尺の身体で立ちはだかった。まるで、弁慶の立

ち往生さながらのその姿に、

「てめぇ、そんなところにいたら怪我をするぞ」

とうとう、格之進は鯉口《こいぐち》を切ってしまったのである。抜ききったら格之進としても引っこみはつかなくなると思ったのか、途中まで抜こうとして、

「まぁ、今日のところは許してやる。だがな、おめぇたちここにいたのは、小屋主に会ってきたんだろう」

矢之助と朝吉は、顔を合わせた。

「ついでに当ててやるが、これから立川完之丞とあやめが逗留する船宿に行くつもりだろう」

「どうしてそれを」

「馬鹿野郎、こちとら新大橋の死体を見て、誰がやったのかとっくに見当をつけていたんだ」

「ということは」

「あぁ、おめぇたちは遅かったのよ」

「では、立川完之丞とあやめをすでに」

「そうだ、四半刻前に縄を打った。いまは寛永寺《かんえいじ》前の自身番《じしんばん》に押しこんである」

がははは、と大口を開きながら、格之進は勝ち誇った顔を見せていた。

四

自身番につながれた伊賀あやめと立川完之丞のふたりは、仲よく縛《しば》られている。

しかし、その顔はお互いを無視したまま横を向いていた。

ふてくされているのはわかるが、このふたりは恋仲ではなかったのか、と矢之助は不思議に感じる。

「おめぇたちがやったのか」

返答はない。

どちらも知らぬふりをしたまま、ひとこともしゃべりたくなさそうである。

「その顔はやったんだな」

朝吉は、刺股をどんと地面に突き刺して、

「やい、ふたりともそんな顔をしていても、しょうがねぇぞ」

「なにがです」

初めて完之丞が答えた。だが、自分たちが巳之吉の首を絞めたと答えたわけではない。朝吉は、ぐいと顔をふたりに近づけた。

「ふたりが共謀して、巳之吉を殺《や》ったのかい」

「ふん、だとしたらなんだ」

「なんだ、だと。人を殺しておいて、なんだその態度は」

「殺したとはいってねぇよ」

　ふてぶてしい完之丞の態度に、朝吉は腹を立てている。それは矢之助も同じようだ。自身番のなかを歩きまわっているのは、いらいらしているのだろう。

　格之進に嫌味だけではなく、くだらぬいじめを受けて気が立っているのだ。

「やい、完之丞にあやめ、ふたりをふんじばったのは、高柳の旦那だな」

「あの嫌味な野郎は、高柳というのか」

　完之丞は、つばを吐きながら答える。

「汚ねぇなぁ。およそ役者とは思えねぇぜ」

「おれの得意なのは荒事だからな」

「ここは舞台じゃねぇ」

　格之進にさんざんいたぶられた仕返しでもしようというのか、矢之助は十手で完之丞の胸を小突いた。

「旦那、まぁ、そのくらいにしましょう」

朝吉が止めに入った。格之進にいたぶられた腹いせだろうが、見るに忍びなかったらしい。

自分がなにをしているのか気がついたのか、矢之助も苦笑しながら十手を引いた。

「完之丞さんといいましたね」

それまで、縄を打たれて肩が半分あらわになっているあやめを、不思議そうに眺めていた九郎が問いかける。

「なんだい、おめぇは」

「私は源氏九郎義経、九郎と呼んでください」

はぁ、と完之丞は笑顔を見せると、

「その色白なのは、なにか特殊な秘密でもあるのかい」

「さぁ、私は京の育ちです。幼きころは鞍馬の寺のなか、あるいは根《ね》の道を走りまわっていました。そこで天狗から飛び切りの術や剣術、棒術、火術、馬術、いろんな術を習いました」

「だからなんだ」

「そこから平泉に行きましたから、北国は日が短い。そのせいで色白になったと思います」

「ずいぶんなげぇ説明だな」

「巳之吉を殺したのは、あなたたちですか。もしそうだとしたら、いろいろ確かめたいことがあります」

巳之吉の名前が出たところで、完之丞は唇を噛んだ。

「その仕草は、やはりふたりが力を合わせて殺したというわけですね」

「そんなことは答えていねぇ」

「では、誰がやったのです」

「知らねぇなぁ」

「弁慶、さっきの手形の写しを」

弁慶という名前に完之丞は目を見開いているが、朝吉の格好をを見て、あぁ、と苦笑する。

九郎は手形の写しを見ながら、

「完之丞さんとあやめさん、おふたりの手を見せてもらいましょうか」

「いやだねぇ」

初めてあやめが声を出した。

その声音を聞いて、矢之助と朝吉はぞくぞくする。女としてもその声は高く、よく響くような声である。舞台ではさぞかし映えたことだろう。

さらにあやめは、飛びあやめの二つ名を持つほど、けれんには定評がある。この声でとんぼを切ったり、空中を飛ぶような芝居をしたら、それこそ男たちは魅了されるはずだ。

矢之助と朝吉にはそう思えたのだが、九郎にそんな気持ちは関係ないらしい。お願いします、というとあやめの手を握《にぎ》った。

「い、痛いよ」

「それは失礼しました。でも、すぐ出していただければ、こんな力は使わなくてもよかったのですから、私が悪いわけではありません」

しれっとした九郎の言葉に、あやめは一瞬、驚きの目を向けた。色白で小柄な体型から、もっと御しやすいとでも見ていたのかもしれない。

だが、九郎はひと筋縄《すじなわ》ではいかない男だと、あやめも認識したのか、

「いうことをききますから、もう少し優しくしてくださいね」

矢之助や朝吉には、その色目が通じるかもしれないが、九郎には意味がない。

では、よろしくといいながら、先にあやめの手と朝吉が書き写した手形を比べてみた。

「これは同じ手ですねぇ」

覗きこんでいた朝吉がつぶやいた。九郎も、そうですね、と応じて今度は完之丞の手を握った。

「い、いてぇ」

それほど力を入れているようには見えないが、急所をおさえているからだろう、完之丞は顔をしかめる。

「さて、どうでしょうか」

九郎が、完之丞の手と朝吉が描いた写しを重ねてみた。

「ぴったりですね」

あわてて手を引く完之丞に、九郎はにこにこしながら、

「これで、巳之吉の首についていた傷は、ふたりが絞めた痕だと判明しました」

「だからなんだい」

「つまり、ふたりが首を絞めて殺した、という意味ですね」

「知らねぇっていってるだろう」

あくまでも完之丞は、しらを切るつもりらしい。

「てめぇ、いつまでも逃げ口上をいっていると、こうだぞ」

矢之助の十手が、完之丞の肩を叩いた。どうも格之進の代わりにされているようである。朝吉がとなりで苦笑しながら、

「旦那、あまりやりすぎると、あとで悔やむことになりますぜ。てきとうなところでやめておきましょう」

「ち、たしかにな。おめぇのいうとおりだ。やい完之丞、この弁慶みてぇな子分が止めてくれたぜ、礼をいうんだな」

完之丞は、ふんと鼻を鳴らして、

「そこの色白は、どこの誰なんだい」

「おめえ、さっきの言葉を聞いていなかったのかい」

「源氏とか、九郎とか、義経とかそんな話なら聞いたが、ふざけるな。舞台でもそんな間抜けな役はつかねぇ」

「ここは舞台ではありませんからね」

にこりとしながら、九郎は完之丞の前にしゃがみこんだ。

「では、どうやって巳之吉を殺したのか、それをお聞きしましょうか」

「なんだと、おめぇは町方じゃねぇだろう」

「源氏の棟梁《とうりょう》の弟ですから」

「源氏の棟梁だと。意味がわからねぇ。どうしておめぇに殺したとか殺さねぇとか、そんな話をしなければいけねぇんだ」

「殺した意味がわからないからです」

「意味がわからねぇとはなんだい」

「殺した理由がわからない、といいたいのです」

「だから、殺しちゃいねぇっていってるだろう」

ふざけるな、と大きな声が飛んだ。朝吉が刺股を地面にどんと突き立てる。

「橋の欄干には、女の足跡がついていた。それはあやめ、おめぇだろう。巳之吉には、ふたりの手形。これでもまだ、なにもしていねぇっていうのかい」

朝吉は、大きな身体をことさら大きく見せるために、胸を突きだし大きく息を吸っている。膝も伸ばし爪先《つまさき》立ちをすると、身体が膨《ふく》らんだように見えた。

「弁慶さん、そんなことをいわれても、知らねぇものは知らねぇ」

完之丞は、朝吉が弁慶役を演じていると気がついたらしい。

五

矢之助や朝吉が九郎と代わって完之丞に尋問を繰り返したが、知らねぇの一点張りであった。あやめは知らぬふりをしたままで、完之丞とは恋仲などではない、とこれもしらを切る。

これじゃ埒《らち》があかねぇと、矢之助は途中でくたびれ顔をする。

「旦那、高柳さんはどうしてこのふたりを捕縛したんですかねぇ」

ある程度の理由と自信がなければ縄は打たないだろう、と朝吉はいいたいらしい。

「さぁな、本人に聞かねぇとわからねぇ」

矢之助は完之丞に目を向けて、

「高柳の旦那は、おめぇたちを捕まえるとき、なにかいったかい」

「ふん、なにもいいやしねぇよ、いきなり船宿に飛びこんできて、いきなり縄を打たれた。それだけだ」

「縄を打つときに、その理由などはいわなかったのかい」

「そんな話はなにもなかったぜ」

なぁ、と完之丞はあやめに目を向けた。

「あぁ、私も同じだよ。なにがなんだかわからないうちに、ここに連れてこられたんだ」

吐き捨てるように、あやめは甲高い声音で答えた。矢之助は顔をしかめ、朝吉は耳をふさいだ。そんな姿を見ながらも、あやめは横を向いている。

そのきれいな顔と裏腹に、本性はよくいえば度胸満点、だがどこか負の部分も持ちあわせているようにも思える。

朝吉は、じっとあやめの顔を見つめながら、

「伊賀あやめというからには、あんたは忍《しのび》の血筋か」

「そんなたいそうなもんじゃないよ」

あやめが口を歪《ゆが》めると、

「けれんを売りにしているから、伊賀とつけたって聞いたことがあるぜ」

完之丞が答えた。

「なるほど、恋仲になってるから、そこまで知っているってぇことかい」

矢之助が十手の先端を突きつける。

「さぁ、そこの御曹司が聞いた件を答えてもらおうか」

「御曹司だと。誰の御曹司だっていうんだい……あぁ、そうか、さっき源氏だとか苦労人だとかいっていたが、ふん、源氏の御曹司に弁慶ときちゃぁ、さしずめ新大橋は五条大橋だ」

その答えを聞いて、矢之助は大笑いをする。

「宮地芝居の役者にも、そのくれぇの知識はあるらしい。だがな、問題は殺したかどうかだ。殺したとしたら、ふたりがいい仲になったんで巳之吉が邪魔になったんだな」

十手の先が、さらに完之丞の眼前に近づいた。

ふうと十手に息を吹きかけて、完之丞はにやりとする。その不敵《ふてき》な面構《つらがま》えは、荒事を得意とする男の面目躍如《めんもくやくじょ》といったところだろう。

しかし、九郎はそんな完之丞の前にしゃがんだまま、にこにこ笑みを浮かべているだけだ。

「なんだか色白で気持ちの悪い野郎だ」

「雪山に十年いましたからね」

「意味がわからねぇようなことばかりいう野郎だぜ」

「まぁ、それに関して、いまは関係ありませんから。とにかく、巳之吉を殺したとしたら、その理由を教えてください」

「だから、おれは殺しちゃぁいねぇ」

そういうと、意味ありげな面持ちをあやめに向けた。

「最初に殺そうといったのは、こいつよ」

顎《あご》を動かして、あやめを指摘したのである。

「冗談じゃありませんよ、やつを殺そうと声をかけてきたのは、こいつのほうですよ。私はそれに乗せられただけです」

乗ったんじゃねぇか、と矢之助の十手は完之丞からあやめに向けられた。

ふたりは、お互いの顔を見たくないのか、顔をそむけあっている。相手が殺したといいながらそんな態度を取っている姿が、どこか奇妙でもある。

お互い、殺したのはこいつだといいあっているのだとしたら、最後まで自分を守るために貶《けな》しあいをするのではないか。

朝吉は、不審な目でふたりを見つめた。

九郎は、相変わらずにこにこしながら完之丞とあやめを見つめていたが、立ちあがると、弁慶の前に進み出て、

「弁慶、このふたりは巳之吉を殺してはいないようです」

「え……」

「本人たちがそう主張しているのだから、間違いないでしょう、ねぇ、矢之助親分」

「おれは、親分じゃねぇ。れっきとした定町廻り同心だ」

「どこに違いがあるのかわかりませんが、とにかく、このふたりは放っておきましょう。高柳とかいうあの意地悪でいじめっ子で、性格が清盛《きよもり》のような男がどう考えるか、そこまでは私は知りません」

最後に、行きますよと朝吉に声をかけた。

「どこに行くんです」

「五条大橋です」


新大橋に着くと、九郎は矢之助に、巳之吉がぶらさがっていた場所を聞いた。野次馬が集まってこないように、朝吉は刺股を立てながら、こっちからはなかに入るな、と歩く連中を追い払っている。

矢之助は、最初に小者から聞かされた話をできるだけ正確にと、欄干の上をて

いねいに探しまわりながら、

「このあたりに、縄がかかっていたと思うけどなぁ」

橋の中心から少し東寄りのところで、足を止めた。

九郎が続き、欄干の左右を探ると、かすかに縄目がこすれたような擦り傷を見つめた。

ここですね、と矢之助に伝えると、えいやっと声をかけ、ひょいと欄干の上に飛びついた。

朝吉に追い払われていた野次馬たちではあるが、なかには一度離れてからまた戻ってくる連中もいる。そんな輩たちから、やんやの喝采《かっさい》が送られる。

「あらぁ、誰です。大芝居にでも出られそうな色白でいい男だねぇ」

商家のお内儀《ないぎ》らしい中年の女が、お付きの丁稚《でっち》に声をかけた。

別の場所では職人ふたりがいた。

「あれは定町廻りの矢之助さんと、朝吉親分じゃねぇかい」

留次である。一緒にいるのは千六だ。いつぞやと異なり、今日はふたりとも大工道具を担いでいる。

「こんなところに、どうしてあのふたりがいるんだい」

留次は怪訝な目をしながら、すぐそばに九郎がいると気がついた。欄干に乗っている。なにをしているんだ、と千六はつぶやいた。

「そういえば、湯島の宮地芝居の役者が殺されたと聞いたぜ」

「あぁ、そうだな」

千六の言葉に、留次はうなずく。

「そのお調べかな」

それにしても、どうして九郎がいるのかそれがわからない。矢之助や朝吉が連れているのかもしれないが、不思議な光景である。しかも、九郎はなんと欄干に片足で釣りあいを取りながら、下を見ているのではないか。

「ははぁ、江戸にも牛若丸がいたぜ」

千六が嬉しそうにいうと、

「なにをいいやながる、あの九郎さんは、源氏の御曹司だ、つまり、牛若丸その人だろう」

「ちげぇねぇ」

普通に聞いていたら、このふたりは馬鹿かと思われるかもしれない。しかし、ふたりは真剣である。冗談を語っているわけではないのだ。

九郎は水干《すいかん》を着ているわけではない。ただの着流しなのだが、その姿はまるで本物の牛若丸のようにふたりには見えていた。

ふたり以外の朝吉に追い払われている野次馬たちの間でも、あれは牛若丸か、それともけれん役者がなにかのお披露目《ひろめ》でもしているのか、とわいわいがやがや大騒ぎになっている。

それでも三人は、それぞれの仕事をこなしている。

矢之助は縄目の跡がほかにもないか探し続け、朝吉は野次馬を刺股を振りかざしながら追い払っている。

そして、九郎は欄干を器用に飛び渡りながら、

「私ができるのですから、あの伊賀あやめもできたでしょうねぇ」

と、実証して見せたのであった。あやめは細い縄の上を渡り歩いたり、身体を逆さまにしたまま、足の指で縄をはさんでのぼったり、と摩訶不思議《まかふしぎ》なけれんを見せていたらしい、と矢之助は答えた。

「つまりは、欄干の上くらいはおちゃのこさいさいでしょう」

朝吉が付け加えると、九郎はにこりとしながら、

「はっきりとはわかりませんが、なんとなく簡単にできるだろう、という意味だ

と感じました」

朝吉は、そのとおりだと嬉しそうに答えた。

にこやかに欄干からふわりと飛びおりた九郎だったが、地面に足をつけた瞬間、首を傾げた。

矢之助がどうしたのか問うと、

「意味がわかりません」

「ですから、おちゃのこさいさいとは」

「いえいえ、そこではありません、どうしてあやめは欄干に飛びあがったのか」

「ははぁ、そういわれてみたら理由が知りてぇ」

矢之助がうなずくと、野次馬を追い払いながら朝吉がふたりに顔を向けて、

「巳之吉の首にかけた縄が、きちんと欄干に結ばれているかどうか、確かめたんじゃありませんかい」

「それなら、わざわざ飛びあがらなくても見直すことはできます」

朝吉はなるほど、といいながら刺股をぶるんとまわした。

そばに来ていた留次と千六が、あわてて転がって逃げた。

六

「巳之吉とはどんな人だったのですか」

九郎は、新大橋の検証を終えて須田町の住まいに戻りながら朝吉に尋ねる。矢之助は、もう一度、完之丞とあやめの仲を洗ってみるといって、ふたりとは別れていた。

現兵衛に、もう一度会うつもりらしい。

いつもなら朝吉を連れていくのだが、なにしろ弁慶の格好である。そんなやつと一緒には歩きたくねぇ、とぶつぶついいながら離れていったのである。

「そうですねぇ、あっしよりも、お友さんのほうがくわしいかもしれません」

「では、巴に聞いていましょうか」

「九郎さん、巴御前が恋しいのはわかりますが、お友さんを巴と呼ぶのはやめておいたほうがいいかと思います」

「そうですか、では、巴と呼ぶのはやめます。でも、そのうち呼ぶときが来るような気がします」

「それは、お友さんと」

「はい、一緒に暮らすときが来ます」

朝吉は呆れ顔をしそうになって、ごほんと空咳《からぜき》をすると、

「まぁ、そう九郎さんが思うのは誰も邪魔はできませんがねぇ」

はい、と九郎は屈託《くったく》なくにこやかな顔をしてから、

「お友さんはいるでしょうか」

「店番をしていると思います」

須田町から通りをはさんだところに、連雀町はある。

下駄屋は、錨長屋の目の前だ。

お友は、店に飾っている下駄や草履の並びを確認しているところだった。

九郎と朝吉が顔を出すと、あら、といってお友は手を止める。九郎の顔を見て、
嫌そうに顔を歪めた。もちろん、わざとである。

「お友さん、九郎さんが聞きてぇことがあるそうなんですが」

「いやです」

「え、それはどういう」

「そこの変な小袖《こそで》を着ている人とは話したくありません」

「へんな小袖とは、これまた厳しいですねぇ」

九郎はなにをいわれても、にこにこを崩さない。

「巴、いや、お友さんは沢田巳之吉についてくわしいとお聞きしました」

「くわしいといっても、噂を知っているだけですよ」

自分と一緒に暮らそうと蒸し返されるのかと思っていたのだろう、それが目的が違うと知り、お友は会話を拒否せずに乗ってきた。

「それでもかまいません」

沢田巳之吉とはどんな役者だったのか教えてほしい、と九郎はへりくだる。

「私が聞いた話しか知りませんからね。くわしい話は座主にでも聞いたほうが早いと思いますよ」

「現兵衛さんですね」

現兵衛には、矢之助がもう一度聞き込みに行っている。

「座員のかたたちの噂では、巳之吉さんは一座のほとんどを自分ひとりで仕切って、まわりの言葉はまったく聞かなかったようですよ」

「座付き作者が現兵衛ですね」

「現兵衛さんには、ほとんど座を運営する力は与えてなかったといいます」

「そうなんですか。でもそれなら、現兵衛さんは首にしたほうがよかったと思うのだが。台本なら、ほかに書ける人がいるでしょう」

「それについては……これはちょっといいにくい話ですけどねぇ」

お友は、顔をしかめた。

朝吉は、どんな内容でも下手人探しの役に立つのだ、とうながした。

「伊賀あやめという、けれんを得意とした女軽業師がいますね。いまは巳之吉さんと恋仲と思われているようですが、もとは現兵衛さんが一緒に暮らしていたといいます」

「なんと、それを巳之吉が奪ったということですかい」

「そんなこともあり、現兵衛さんをそばに置いていたのではないか、とまわりはいってましたねぇ。わざと見せつけるためです」

「それは、現兵衛さんが可哀相ではありませんか」

朝吉は、義憤を感じるいいかたをした。

「当然、まわりは、現兵衛さんに対するあてつけだといってましたよ」

それはひでぇ、と朝吉は首の数珠をじゃらりと鳴らした。

巳之吉は女癖が悪いとは聞いていたが、一座を作ったときからの仲間の女を奪うとはなんという悪党だろうか。しかも、現兵衛は仲間というよりは、巳之吉にしてみたら一座を立ちあげたときの功労者ではないのか。

「現兵衛は私たちには、座の運営は自分が一手に引き受けているようなことをいってましたが、じつは違ったんですね」

九郎は、担いでいた刀をいまは腰に差している。小柄な身体には四尺二寸も大きく感じられて、お友はくすりとした。刀と身体のつりあいが取れていないのだ。

「すると、現兵衛は巳之吉を恨んでいたでしょうねぇ」

朝吉は九郎の言葉にうなずきながら、

「完之丞とあやめがくせぇと思っていましたが、現兵衛にも巳之吉を殺す理由があったということになります」

そうですね、と九郎も同調した。

「九郎さん、なにかぴんとくるところはありますかい」

「あるような、ないようなな」

九郎は、鯉口を何度か切ってぱちんぱちんと音を立てながら、思案しているふうであった。

翌日、朝ですよというお園の声で九郎は起こされた。お園が来たのは、明六つから半刻過ぎたあたりだった。

「九郎さん、朝寝坊はいい暮らしができませんよ」

はぁ、とねぼけまなこで起きあがる。

お園は朝餉《あさげ》を運んできたのだ。ついでに、ぱたぱたとはたきを使っている。

「昨夜は眠れましたか」

まだ引っ越してから、それほど間もない。慣れないせいではなく、九郎は寝つけずにいたのである。

現兵衛に、完之丞に伊賀あやめ。

巳之吉を殺したのはこの三人のうち、誰かであろう。首を絞めたのはあきらかにあやめと完之丞である。手形もついている。

「なにか、おかしい」

九郎は、箸《はし》を持ったままつぶやいた。

「九郎さん、起きてますかい」

朝吉の声だった。

首に巻いた数珠の音をじゃらじゃらさせながら、朝吉は朝餉を取っている九郎

の前に座ると、箸が止まっている九郎を見て、

「食べないなら、あっしが」

　手を出そうとする。

「弁慶はそんなことはしない」

　九郎のひとことで、朝吉はひぇと声をあげた。しまった、という顔をしてから矢之助の旦那から聞いたと語りだす。

「現兵衛は、あやめを巳之吉に取られたりしながら、どうして首にならずにいたのかわかりました。ただの嫌がらせもあったでしょうが、別の目的もあったようです」

「ほう」

「一座の台本は、すべて現兵衛が書いていたという話でしたね。一度、ほかの台本書きに頼んだことがあるそうですが、まったくの人気なしで、やはり現兵衛じゃなければだめだと、巳之吉は考えたそうです」

「そうだったのですか」

　一座に人気があるのは、巳之吉の存在や、あやめ、完之丞という役者たちの妙もあるだろうが、この世とあの世を行ったり来たり、浅草寺《せんそうじ》の天辺から逆落とし

になったり、富士山から人が滑り落ちるなど、物語が奇抜《きばつ》なところにも客受けがあったらしい。

どんでん返しやせりあがりなどをうまく使い、あやめがけれんを見せる。

あやめの軽業を上手に操りながら進んでいく物語は、現兵衛だからこそ書ける、と座員たちには評判だった。矢之助は、そこを探りだしてきたのである。

「ある座員は、あやめに惚れているからこそ、現兵衛の台本は生きている、といったそうです。それに、完之丞ですが、やつはまともに給金をもらってなかったそうです」

「ほう、それは興味深い」

巳之吉にあやめを盗まれても、現兵衛はあやめにまだ惚れていた。

「あやめとしても、強引に巳之吉の女にさせられていましたが、心底では現兵衛に惚れていたはずだ、と座員たちは見ていたそうです。九郎さん、現兵衛にもう一度会ってみますか」

「いや、完之丞とあやめに聞きたいことがあります」

お園の音は、はたきから箒《ほうき》に変わっている。

九郎はお園に、出かけてきますからあとはよしなに、といって外に出た。朝餉はほとんど食べていない。残った御膳を見て、お園はため息をつく。

「子どもと一緒だね。夕食はどうするんだろうねぇ」

箒を使いながら、もう一度ため息をついていると、部屋の奥に長い箱を見つけた。螺鈿《らでん》作りの高価な香りがする箱である。

「いけない、いけない、そんなことをしてはいけない」

つぶやきながら、お園は誘惑に負けて箱を開いてしまった。

「笛だよ、これは」

朱塗《しゅぬ》りの笛だった。

一見して、これも高価な作りに見える。

「そういえば、いつぞや笛の音が流れてきていたねぇ」

このあたりで、笛を吹くような優雅な趣味を持つ者を見たことはない。すぐそばに武家屋敷があっても、聞いたことはない。

ときには、琴《こと》の音が聞こえることもある。それはお姫さまたちが稽古をしているのだろう。笛の音は一度も聞いたことはない。

「あの九郎という人は、本当に謎の人ですよ」

お園はていねいに箱に笛を戻した。

七

須田町の通りは、表店《おもてだな》の大戸が開き、暖簾《のれん》が風に揺れ、小僧たちが打ち水を打ったり、箒を使ったりしている。明け六つを半時過ぎたばかりだが、江戸の町はすでに動きだしているのだ。

九郎と朝吉は、寛永寺前の自身番に飛びこんだ。すると、すぐ朝吉が町役のひとりになにやらささやいた。

町役は、わかりやしたといって外に出ていく。

九郎が不思議な顔をすると朝吉は、矢之助の旦那を呼んできてもらいます、と告げた。

「そうだ、それなら現兵衛にも来てもらおう」

九郎はここに全員集める、という。

「全員ですかい」

「そうです。ようやく巳之吉殺しがどんなからくりで、誰がやったのか、気がつきました」

「へぇ、それはどんなきっかけで」

「それは、あとのお楽しみにしていてください」

「へへへ、そうきましたか」

わかりました、と朝吉は並んで眠っている完之丞とあやめに目を向けてから、自身番に残っていた小者に現兵衛も呼んでもらいてぇんだが、と声をかける。

小者は、自分も出ていってしまうとここの自身番は誰もいなくなる、と考えているようだった。

「わかりました、あそこの小僧に頼みましょう。御用のむきだといえば、否やはありません」

普段から便宜《べんぎ》をはかっているに違いない。

小者は外に駆けだした。朝吉が首尾《しゅび》を見ていると、話を聞いた小僧はうなずき、一度、店のなかに入っていった。

外に出る許しをもらっているのかもしれない。

すぐ戻ってくると、勢いよく湯島方面に向けて駆けだした。

完之丞とあやめのふたりは、縄を打たれて土間に投げだされている。縛られてままならぬゆえ疲れているのだろう。身体を横にして眠っていた。

しどけないあやめの姿に、朝吉は困ったような表情をすると、そばに寄って開いた裾を閉じた。

そのとき、あやめが目を開いた。

「あら、弁慶さん」

「起こしてしまったか」

朝吉は大きな身体を縮《ちぢ》こませながら答えた。

裾が閉じられていると気がついたあやめは、びっくりしたような目を向ける。

「弁慶の親分さんはお優しい」

「よけいなことはいわなくてもいいんだ」

「でも、そろえてくれたんでしょう」

「まぁな」

「そんな優しいことをしてくれる親分さんは、そうそういませんよ。逆にもっと開いてしまうやつはいてもね」

「そんなやつがいるのか」

「そらぁ、いますよ。私はけれんを生業《なりわい》にしてますからね、いきなり衿元をつかんで逃げてみろとか、足を開いたらどこまで広がるのか見せろとか、そんなすけべなことをいう町方ばかりですよ」

「まさか」

「この前も」

そこまでいって、嫌な話を思いだしたのか、あやめは顔を歪める。

「なにかあったのかい」

「高柳とかいう、下衆《げす》な同心がいるでしょう」

あぁ、と朝吉は九郎の顔を見つめる。湯島の男坂で矢之助がいたぶられた記憶は新しい。そのときを思いだすと、胸くそが悪くなる。

「高柳さんか。どんなことをしたとしても、あの人はおれたちとはまったく関係がねぇ」

「ありますよ、私たちから見たら同じ町方です」

「たしかにな、ひとりそんな人がいると、みな同じように見られてしまう。おれたちも迷惑なんだ」

朝吉の大きな身体は、どんどん縮こまっていく。

そんな姿を見たあやめは、くすりとしながら、

「親分さんは身体が大きいわりには心が優しいから、いいほうの町方ですよ」

「身体の大きさは関係ねぇだろう」

「その坊主頭を見ていると、なんとなく強面《こわもて》な感じがしますからね。本当は違うと知っただけでも、私の気持ちは落ち着きました」

となりで寝ていた完之丞が身体を起こした。

「なんだい、またおまえさんたちか」

九郎を認めると嫌そうな顔をした。朝吉とあやめの会話を聞いていたのだろう、ふたりを互いに見ながら、

「おめぇらふたり、いい塩梅《あんばい》じゃねぇかい。焼けるぜ」

「馬鹿なことをいうな」

朝吉は本気で怒っている。

「あやめは、おめぇの恋仲なんだろう」

「まぁな、そういう話になってはいるがな」

最後は面倒くさそうに答える。その態度を見ると九郎がしゃがみこんで、

「完之丞さん、いままでご苦労さまでした」

「なんだと」

「本当は、あやめさんは現兵衛に惚れている。だけど、それを全面に出したら、

巳之吉があやめさんにどんな乱暴を働くかわからない、そこで、自分のものにしたという噂を流して、現兵衛さんとの仲を陰で支えていたのですね」

「馬鹿なことというな。あやめはおれの女だ」

そうですよ、とあやめも大きな声を出した。

「ほらほら、そんなに憤《いきどお》るのは、いまの私の指摘が図星《ずぼし》だからでしょう。人は、真実をいわれると怒るものです」

「馬鹿なことを」

完之丞は、冗談じゃねぇとこれみよがしに寝転がった。


矢之助が駆けつけて、現兵衛もやってきた。

朝吉が思うには、どうやら九郎は、この三人のなかに巳之吉を殺した下手人がいると考えているようだった。

矢之助や朝吉にしても、普通に考えたら完之丞か、あやめか、ふたりのどちらかが手をかけたように思える。そこに九郎は、現兵衛も加えている。

いろいろ調べてみた結果、たしかに現兵衛にも、巳之吉を亡き者にしたいと考える動機はあっただろう。

「九郎さん、三人を集めてなにをやるんです」

「巳之吉を殺したのは誰か、それをはっきりさせます」

「本当ですかい」

「もちろんです、少し寄り道をしましたけどね。あることに気がついたら、はっきりしました」

「なんです、あることとは」

「それは、これから話しますよ」

九郎は笑みを浮かべた。

その自信ありげな態度に、矢之助も朝吉も期待するしかない。

矢之助は、一度外を見にいった。なにをしにいったのかと朝吉が問うと、

「高柳さんが来たら面倒だと思ってな」

たしかにそうだろう。こんなところを高柳が見たら、また邪魔をするに決まっている。完之丞とあやめが巳之吉を殺したと決めつけているのだ。

といっても、自身番は入口が素通しになっている。外からは丸見えなのだ。高柳が来たとしても拒否はできない。

来ないでくれと祈るしかない。矢之助は九郎を見て、早くはじめようとうなが

した。

八

「現兵衛さん」

九郎は、どうして自分が呼ばれたのかと怪訝な顔をしている現兵衛に声をかけた。

現兵衛は、なんですか、と言葉にはせず顔で聞いた。

「あなたには、巳之吉を殺す動機がありましたね」

答えはない。

「あなたとあやめさんは、以前、恋仲でした。しかし、巳之吉があやめさんを欲しがった」

現兵衛は、苦々しい顔つきをしている。

「あなたとあやめさんは、なんとか巳之吉の気持ちが離れるように努力をしたことでしょう。私も巴に気持ちを奪われたときに、ほかの男たちから巴を離そうとしました」

「あなたはなにがいいたいのです」

現兵衛は、ひとり語りをはじめた九郎をじっと見つめる。

「それに私があなたを訪ねたとき、やたらと疲れていましたね。いまにも倒れそうでした」

「それは、一座の大黒柱《だいこくばしら》を失ったんです。あたりまえでしょう」

「そうでしょうねぇ。でも、それだけではありませんね。巳之吉が死ぬように画策《かくさく》した。その後悔の念からではありませんか」

「馬鹿な」

そこで九郎は一度、言葉を切った。しばらくうろうろしていたと思ったら、今度は完之丞に目を向ける。

「完之丞さん、あなたはあやめさんを巳之吉から奪ったと、世間では思われていました」

「あぁ、それがどうした」

「しかし、ふたりの態度がよそよそしい雰囲気なのは、どうしてですか」

「こんなところにいきなり連れてこられて、楽しむようなやつはいねぇだろう」

「そうですね、たしかにそのとおりだと思います。それにしても、あなたはまともな給金をもらっていなかったそうですね」

　完之丞は答えずに横を向いた。

「つまり、現兵衛さんにしても完之丞さんにしても、巳之吉を殺す動機はあった、ということです」

　九郎は続ける。

「あやめさん、あなたはもとは現兵衛さんといい仲でした。それを巳之吉が暴力で無理やり、あなたを自分のものにしてしまった。その恨みがあったはずです。つまり、あなたにも巳之吉を殺したいと思うだけの動機はあった、ということですね」

　矢之助は首をひねる。三人とも巳之吉を殺したいと考えるだけの恨みを持っていた。それなら、誰がどうやって殺したのだ。

　朝吉は数珠を手でじゃらじゃらさせながら、九郎の続きを待っている。

「最初、私は三人のうち誰がどんな方法を使って手をくだしたのだろう、と考えました。じつはそこに、現兵衛さん、あなたの罠《わな》が隠れていたのですね」

　現兵衛は、なにをおっしゃっているのかわかりません、と答える。

「矢之助さんに弁慶。ふたりは死体の状況を聞いてどう感じましたか」

死体は新大橋の欄干から縄に吊るされて揺れていた。死因は、その縄に首を絞められたためと考えられたのだが、それだけではなかった。首には女の手と男の手の痕が重なっていたのである。

矢之助は、死んだ原因がいろいろあると思ってしまった、と答え、朝吉は、いろんな要素がありすぎて、どれが殺しの原因になったのか、その肝心なところがわからねぇ、と答えた。

「そうなのです、問題はそこにあったのです」

人はおかしな光景が目に見えると、その理由や原因を考えてしまう。

「けれんを使った台本を、現兵衛が書いていると聞いて気がつきました。今回の、縄で橋から吊られた死体や、あやめさんの欄干の上を飛び交う足跡、小さな手形の上に大きな手形、そして、私たちは忘れていましたものがあります」

「なんですそれは」

「とってつけたように置かれてあった、血のついた石です」

あぁ、すっかり忘れていました、と矢之助と朝吉は首を何度も振った。

「普通なら、こんなおかしな状況が一度に起きるでしょうか。まるで、お芝居の舞台のように見えませんか」

「いわれてみたら、たしかに」

矢之助は、うなずきながら現兵衛を見つめる。

「そうすると、やはりおめぇがやったのかい」

「矢之助さん、違います」

九郎が、いまにも現兵衛を捕縛しようとする矢之助を止めた。

「半分、いえ三分の一は合っているんでけどね」

三分の一、と矢之助と朝吉は目を合わせる。

「欄干にあがったときに不思議に思いました。欄干には擬宝珠《ぎぼし》があります。擬宝珠の先は尖《とが》っているので、足を乗せるのはけっこう難しい。私が飛ぶ前に気がついていたのですから、あやめさんが気がつかないはずはありません」

「つまりは目眩《めくらま》しだと」

「欄干に飛んだ正当な理由が見つかりません。最初はいろいろ考えましたが、飛んだり跳ねたりしている途中から、これは目をここに向けさせるためにやったのではないか、と考えを変えてみました」

そして、現兵衛が台本をほとんど書いていたと思いだしたとき、一気に謎が解けた、と九郎は三人を交互に見つめた。

「あやめさんが欄干に飛び乗ったり、縄目をつけたり、首をふたりで絞めたり、血のついた石を残したり。町方の目を眩ますために、いろんな要素を詰めこんだのです」

それが現兵衛の罠というわけか、と矢之助はぶつやく。

「最初はすっかり騙《だま》されました。謎が多ければ多いほど、現兵衛作の罠が、私の頭に入りこんできました。でも、現兵衛さんは策を弄《ろう》しすぎましたね」

「あまりにも芝居がかっていたということですね」

朝吉は納得の顔で応じた。

「今回の台本はひとり芝居ではなく、全員が参加した芝居だろう、と考えたわけです、つまり」

九郎はそこまでいうと、息を一度止めて、

「三人の共謀です」

「実際に手をくだしたのは誰なんです」

「三人全員ですよ。完之丞、あやめのふたりが首を絞め、現兵衛は石で首の裏を殴ったのでしょう。ぶらさげた縄目とふたつの手に目がいって、血がついた石はあまり気にしませんでしたけどね」

九郎は苦笑する。
「申し開きがあれば聞いてやるぜ」
　すると完之丞が叫んだ。
「そんな虚仮威《こけおど》しみてぇな話を、誰が信じるかい。だいいち証拠がねぇだろう」
「ありますよ。現兵衛さんは毎日、克明《こくめい》に日記をつけ、どんな内容も残している
といいました。そこで、なにか書き記してあるだろう、と考えました。いまごろ
高柳さんが、現兵衛さんが使っていた部屋を荒らしまわっているはずです」
どうして九郎が高柳とつるんでいるのだ、と矢之助は驚愕している。いつの間
に、高柳まで使っていたのだ。矢之助は不愉快な目つきを九郎に飛ばした。
　現兵衛は、しまったという顔をする。
「弁慶、すぐ高柳さんのところに行ってください。現兵衛の日記を見つけたかど
うか、確かめてきてほしいのです」
　九郎はそっと朝吉のそばにより、なにやらささやいた。朝吉は驚きの目を見せ
てから、刺股を抱え直して自身番を飛びだしていった。
「さぁ、現兵衛さんの日記が運ばれてくるまで待ちますか、それとも、いまここ
で矢之助親分の前で自白しますか」

三人はうなだれているが、現兵衛が静かに語りだした。

「高柳という役人は、乱暴で知られている人だ。かならず日記は見つけられてしまうでしょう。その日記には、私たち三人の連判状《れんばんじょう》も入っています」

現兵衛が静かに頭をさげて、あやめの前に進んだ。完之丞はちくしょうと叫んではいたが、悪あがきはやめたらしい。

「三人でやったことに意味があったんだ。巳之吉という野郎は、ひでぇやつだったからな」

その話はあとでゆっくり聞いてやる、と矢之助は告げたが、十手は腰に差したままだった。

しばらく、誰もひとことも言葉を出さずにいた。あやめのそばを離れない現兵衛の吐く息だけが響く。

やがて、朝吉が戻ってきた。手には、一枚の紙切れが握《にぎ》られていた。

第三話　狂った姫君

一

春を感じさせるぽかぽか陽気が数日続いていた。

江戸暮らしをはじめてから半月以上が過ぎた九郎の住まいには、定期的に訪れる人がふたりいた。ひとりは九郎の炊事洗濯、部屋の掃除などの世話をしてくれるお園。同じ長屋だから、一日に何度も行ったり来たりしている。

そして、もうひとりは、弁慶こと朝吉である。

もとは朝吉山という相撲取りである。六尺はあると思える背丈に、頑丈な身体を持っている。九郎の住まいがある須田町から、わずか数十歩の蕎麦屋が実家だ。

その身体つきから相撲取りになったのだが、怪我をして引退。

次に朝吉が選んだのは、十手持ちだった。大きな身体を活用するには、悪人たちをやっつける仕事がいいのではないか、と考えたからである。

店の客でもあった北町定町廻り同心の野上矢之助から手札をもらい、数か月前に岡っ引になったばかりである。

野上矢之助は、同心としてはいままで鳴かず飛ばず。やる気のない町方として知られていたのだが、朝吉を手下に加えてからやる気が出てきたらしい、との評判であった。

じつは、朝吉が手下になったからではない。

源氏九郎義経と名乗るおかしな男の出現が、矢之助の同心暮らしを一変させたのである。

九郎の推理力に助けられているのだ。

とくに湯島天神境内で開催されていた宮地芝居、沢田巳之吉一座の人気役者であり座主でもあった巳之吉殺しの一件では、矢之助があざやかな推理を披露《ひろう》し、事件を解決したと評判になっていた。

もっとも、同僚である高柳格之進という男が、

「最初に下手人を捕縛したのはおれだ」

と、威張り散らしている。

たしかに、もうひとりの人気役者である完之丞と、けれんを得意とする女軽業師、伊賀あやめを捕縛したのは格之進であった。

それに、座付き作者でもあり興行を仕切っていた現兵衛という男の家探しをしたのも自分だといい張っているが、

「じつは、それは嘘です」

矢之助に、どうして高柳なんかに家探しを頼んだのか、どこでそんな仲になったのか、と聞かれたとき、九郎はあっさりと答えていたのである。

「そういえば、現兵衛は焦《あせ》ると思ったからです」

すでに楽屋や部屋を探られていると思わせたほうが、自白を導きやすいだろう。

「都合上、その場にいない高柳という人の名を借りただけです」

どんな小さなことでも日記に記している、と思いだした九郎のとっさの引っ掛けだったのだ。すぐさま朝吉を走らせて、三人が巳之吉殺しを画策した血判状を発見させた。

その血判状が決め手となった。

噂はすぐ広まったが、高柳格之進には覚えがない。それでも、

「ほらみろ、おれがいると北町奉行所は万々歳だ」

と法螺《ほら》を吹いているらしい。

矢之助は怒り狂っているが、

「次の事件で、矢之助親分が表に出られるようにしてあげます」

と九郎にいわれて、しぶしぶ引きさがった。

「そういってくれるのはありがてぇがな、ひとつだけいいてぇ」

「どうぞ」

「おれは親分じゃねぇ。北町の定町廻り同心だ」


お友の声が聞こえて、おやおや今日は珍しい人が訪ねてきたぞ、と九郎は笑みを浮かべる。

戸口に立つお友は、どこか所在なさそうにしているが、あきらかになにかを聞きだしたいという顔つきである。

その雰囲気を見て九郎は、はぁ、とうなずく。

「お友さん、巳之吉殺しをくわしく聞きたいのですね」

そのとき、からんころんという音が聞こえてきた。

「ちょうどいい。弁慶もやってきました」

下駄の音が聞こえてくるほうを見たお友は苦笑する。下駄の音に加えて、数珠の音。さらには刺股を地面に突き刺す、とんとんという音まで混じっている。

「やかましい親分さんだねぇ」

「なにがやかましいんですか」

そばに着た朝吉は、ずんずんと土間から上がり框《かまち》を抜けていく。毎日訪ねているから、勝手知ったる家なのだ。

いちばん奥の部屋に入り、ずんとあぐらをかいて、

「お友さん、そこへどうぞ」

「誰が住んでいるのかわかりませんね」

苦笑する朝吉と九郎を前にして、お友はいった。

「さぁ、聞かせてもらいましょう。瓦版《かわらばん》では三人そろっての復讐劇、みたいなことが書かれていましたけどねぇ」

三人の復讐劇を現場で強行、と峻烈《しゅんれつ》で扇情的《せんじょうてき》な大見出しだった、とお友はいう。

「それはまたおおげさな」

九郎は瓦版など読まない。

「巳之吉は現兵衛からあやめを盗み取り、完之丞には自分より人気が出そうだと

考えたのか、いろいろな意地悪をした。急に役を変えたり給金を渡さなかったり、贔屓筋《ひいきすじ》を掠《かす》め取る……最後は退団させようという振る舞いもあったとか」

「自分で一座に引き抜いておいて、自分より人気が出そうだとなったら、そんな無体《むたい》なことをしていたんですね」

九郎と朝吉はうなずいている。

お友は、殺した理由はそれでなんとなく理解したが、巳之吉を殺した手段を教えろ、という。

「瓦版には三人の共謀とは書いていましたけどね、誰がどんな役目を果たしたのか、さっぱりわかりません」

「矢之助親分から聞いた話によると、芝居の台本を見せて、実際に橋を見てみようと巳之吉を現兵衛が誘ったといいます。そのときは、あやめや完之丞も姿は見せていません」

巳之吉が背中を見せたとき、隠れていたふたりが出てきて巳之吉の首に縄をかけて首を絞める。同時にあやめ、次に完之丞が首を絞め、最後に現兵衛が石で盆の窪を殴った。

「でも、巳之吉が殺されたなら最初に疑われるのは、完之丞とあやめですよ。それなのに逃げなかったのはなぜです」

「現兵衛の台本では、最後はうやむやになるという結末だったそうです」

「甘いわね」

「よほど現兵衛は、自分が書いた台本に自信があったんでしょうね。あれやこれやと目眩《めくらま》しの策を考えたら、町方は混乱して最後は投げだすと考えていた節《ふし》があります」

「芝居ならそれでもうまくいくでしょう。現兵衛は台本を書きすぎて、舞台と目の前に起きる実情の違いが見えなくなっていたような気がします」

九郎は、策士策に溺れた、と現兵衛に告げていた。

「三人が恨みに思うほど、巳之吉という男は嫌なやつだったんですね」

「自分が一番でなければ、気が済まなかったのでしょう」

現兵衛は女を取られ、あやめは乱暴され、完之丞は贔屓筋を根こそぎ持っていかれた。

朝吉は顔をしかめながら、

「人気を保とうとしていたんでしょうかねぇ。勘違い野郎の典型ですよ」

かかかか、と笑い声をあげる。

「旦那、気をつけてくだせぇよ」

「うるせぇ、おめぇが押すからだ」

揉《も》めているふたりは、高柳格之進とその手下、駒六である。九郎の住まいには中庭があり、その一角が須田町の通りに面している。垣根《かきね》で囲まれたところがあり、そこに身をひそめて九郎の様子をうかがっているのだった。高柳格之進は、九郎の動きを追っているのである。

自分が巳之吉殺しの一件で、完之丞とあやめを捕縛した。それだけではない、奉行所で威張っていられるのは、九郎の言葉があったからだと気づいていた。

格之進は楽屋や控え部屋などで、日記探しなどはしていない。しかし噂では、格之進が血判状を見つけるために家探しをした、ということになっている。

おかげで、格之進の株はあがった。最初はなんのことかと混乱していた格之進だったが、朝吉が持ってきた血判状を、格之進はすでに探していたことになっているのである。

二

その原因が九郎の言葉にあった、と格之進は知ることとなり、

「今後も、九郎とやらの動向を探るんだ」

と駒吉に命じていたのである。

九郎を見張っていたら、また手柄にありつけるのではないか、と考えたらしい。

九郎の名は奉行所でも、近頃は知られるようになっていたのである。矢之助の影に源氏の御曹司あり、とささやかれているのであった。

御曹司とはなんだ、と格之進は手下の駒六に調べさせた。もちろん、御曹司そのものの意味ではない。矢之助のまわりにいる御曹司とは、どんな男なのかという意味である。

「そういえば、湯島の男坂でおれを揶揄《やゆ》した色白でちびの男がいたが、あれがそうか」

「そのようです」

駒六は嬉しそうに答えた。

「なにをそんなに喜んでいる」

「旦那、野郎の行動を見張っていたら、またおこぼれがあるかもしれませんぜ」

「ほう、そういうことか」

なるほど、とうなずいた格之進はそれからというもの、見まわりはそっちのけで、九郎と朝吉のあとを追いかけまわすことにしたのであった。

そしていま、垣根に身体をひそませながら、九郎を見張っていたのである。

「旦那、下駄屋の娘が来てます」

「わかっておる、そんなことは」

「へへ、あまり心穏やかではありませんね」

「やかましい」

格之進がお友に懸想《けそう》していると、駒六は知っているのだ。

そのとき、部屋からこちら側を覗《のぞ》く顔が見えた。

「ごま六、逃げるぞ」

「駒六です」

細かいことを気にするな、といって格之進はそそくさとその場から離れだした。

朝吉はあわてている後ろ姿を見て、

「おんやぁ、あれは高柳の旦那と駒六じゃねぇか」

なにやってるんだ、と首をひねっていると、すぐ九郎が来て、

「どうしました」

「あ、いや、誰かがいたようですけどね。顔は見えませんでした」

「そうですか」

気にする様子もなく、九郎はうなずくだけであった。


浅草広小路を九郎は歩いている。

もちろん、朝吉も一緒である。

派手な色合いの小袖《こそで》を着て、刀を肩に担《かつ》いでいる九郎と、六尺以上あると思える坊主頭に股引、尻端折り。胸には大きな数珠をぶらさげ、下駄履に刺股を抱えた朝吉のでこぼこふたり連れは、どこから見ても一風変わっている。

どこぞの大店《おおだな》の娘は、ふたりが通りすぎると、侍女と一緒に飛びのいた。

剣術帰りの子どもたちは、突っ立ったまま道具を置いて、見物でもするような雰囲気である。

「九郎さん、どうもおかしな具合ですねぇ」

「なにがです」

「あっしらは、みなから避けられているようですが」

「おや、そうですか」

探索となるといろんなところに目が届く九郎であるが、日常だとまったく気がつかぬらしい。というより、気がついても気にせぬのであろう。

朝吉は、さすが源氏の御曹司と苦笑しながら、

「近頃、江戸は平和ですね」

「そうですかねぇ。不穏な人物は、意外なところにひそんでいるんじゃないですかねぇ」

九郎は、さっき出かけてくる前に、誰かが垣根のところでこちらを見張っていたのでしょう、と笑う。

「あぁ、顔は見えませんでしたが、あれはおそらく高柳の旦那ですよ」

「はて、どうしてあの同心が」

「あっしもよくはわかりませんが……まぁ、巳之吉殺しで手柄を立てたお礼とは思えませんがね」

笑いながら九郎は、そんな殊勝《しゆしよう》な人ではないでしょうと答えた。

そのとき、ぎゃぁという声が聞こえた。なにかから逃げ惑《まど》うような声だった。

「やはり平和じゃねぇな」

朝吉は刺股を横に抱えると、声のしたほうに向かって駆けだした。危険極まり

ない刺股を抱えた大男が駆け抜けようとしているためか、ざざっと潮が引くように、周囲が左右に分かれる。

その間を早足で抜けた朝吉は、数人に囲まれた男が必死に逃げようとしているところに出くわした。男の肩のあたりには血が滲《にじ》んでいる。

「なにをやってるんだい」

十手の代わりに、囲んでいる男たちに向けて刺股を突きだした。

「なんだ、おまえは」

囲んでいるのは数人の侍であった。

「こいつがなにかしたんですかい」

そういいながら、朝吉は男を見つめる。

「邪魔だ、おまえが口を出すような話ではない」

いちばん年嵩《としかさ》らしき侍が、一歩前に出てきた。

「こいつは、人の屋敷にもぐりこんだ盗人《ぬすっと》だ」

朝吉が男の風体を探ってみたが、そんな雰囲気は感じられない。

「おまえ、盗みに入ったのか」

「違います、そんなことはしていません」

「旦那がた、盗人ではねぇといってますが」

「もぐりこんだのは間違いないのだ」

だから逃げ惑っている、といいたいらしい。

本当か、と朝吉はまた男に目を向けると、

「もぐりこんだのはたしかですが、盗みが目的ではありません」

男が説明をするといったとき、囲んでいた侍のひとりが意味不明の言葉を叫んで朝吉に切りかかってきた。残りの者たちも、いっせいに抜刀した。

「おっと、危ねぇ。こんな大衆の面前で人斬りをしようってのはいけませんぜ」

刀を抜いて切りつけてきた男は、朝吉の格好を見て目を細める。

「そんな格好をして、おまえは何者だ」

「あっしは、こう見えても北町定町廻り同心、野上矢之助さまから手札をいただいた者です」

「町方か」

「へぇ、お見知りおきを」

「不浄《ふじよう》役人は引っこめ」

侍は引っこみがつかなくなったのか上段に構え直すと、朝吉に向かってじりじりと進み出た。

「待て待て」

いくら侍とはいえ、正当な理由がないのに人を斬ってしまったら、あとが面倒だ。しかも相手は岡っ引である。斬り殺したら、江戸中の岡っ引を敵にまわすことにもなりかねない。

そんな大騒ぎにはしたくないのだろう。年配の侍が前に出てきて、刀を納めさせた。

「名はなんという」

「あっしですかい、朝吉です」

「では、朝吉。その男は、我が屋敷にもぐりこんできたのだ。そのままにしてはおけぬ。こちらに渡してもらおう」

「こいつに話を聞いてからにします」

朝吉は、地べたに転がっている男に目を向けて、

「おまぇはどうして、このかたたちの屋敷にもぐりこんだのだ」

理由をいえ、と詰めると、

「あっしは、阿部川町《あべかわちょう》に住む由松《よしまつ》といいます。植木屋です」

以前、そこの屋敷に盆栽《ぼんさい》を届けたのだという。しかし、思い返すとどうしても、一本の枝を落としそこねたような気がする。そこが気になってしかたがない。

それで、なんとかその枝を切りたいと考えた。

一度、親方に頼んだのだが、お屋敷からの返事は、そのままでよい、というものだった。

「一度気になると、そのままではいられません」

「一本の枝を切るために、もぐりこんだというのか」

由松は、へぇとうなずいた。

囲みの後ろから、わはははという声が聞こえた。

いつの間にか、まわりこんでいた九郎である。

「それは珍《めずら》しい人だ。いや、職人の鑑《かがみ》ではないか。のう、そこのみなさん」

いきなり朝吉のとなりに出てきた九郎の派手《はで》な姿に、囲んでいる侍たちだけではなく、野次馬たちも目を見張っている。まるで、舞台から抜け出てきたような、そこだけ明るく照らされているような雰囲気である。

実際、九郎の背中側には陽があたり、後光《ごこう》が差しているようにも見える。朝吉はそんな九郎を見て叫んだ。

「さすが御曹司。輝いていますぜ」

「そうであるかな」

ふふふと笑みを浮かべる九郎に、侍たちは一瞬毒気を抜かれたような顔をしていたが、

「御曹司とはな……わしが知っているかぎり、源氏の義経がそのように呼ばれていたと思うが、どういうことか」

年嵩の侍が、不思議そうに尋ねる。

「いい問いである。私の名は源氏九郎義経。九郎と呼んでいただきたい」

侍たちは思わず、ぷっと口元をおさえる。

どこからそんな名前が出てきたのか、という顔つきであった。

侍たちは、九郎の出現で由松を諦《あきら》めたらしい。

今日のところは許してやるが、二度と同じことをしたら捨て置かぬといって離れていったのであった。

由松は立ちあがりながら、ありがとうございましたと頭をさげた。

「植木屋といったな」

「はい、盆栽もやっております」

「盆栽か。それはあれか、盆山《ぼんさん》と同じ意味か」

「盆山の意味がわかりません」

「ふむ、植木鉢の上にいろんな木を植えて、小さな美を楽しむ。それを、以前は盆山というたのだよ。本来は唐国《からくに》のほうから入ってきた楽しみかたであるな。唐国ではそれを盆景《ぼんけい》と呼ぶのだが、江戸では盆栽というのか」

ふむふむ、と九郎は嬉しそうだ。

「それにしても、由松といいましたね」

「はい」

「ただもぐりこんだだけにしては、あの侍たちは血相を変えていました」

「はい、予測するには、あっしが見てはいけないところを見てしまったと思われたからだと」

「なにを見たんだ」

朝吉が追及すると、いきなり由松は泣きはじめた。

「じつは、私がもぐりこんだお屋敷は、旗本千二百石のご大身、松風育之介《まつかぜいくのすけ》さまのお屋敷なのですが、そこには、私の幼馴染《おさななじみ》が行儀見習いとしてお勤めをしておりました」

「ました、ということは、いまは終わったという意味かい」

「いえ、違います。殺されたのです」

「なんだと」

驚き顔で朝吉は九郎を見つめた。

「殺されたとは穏やかじゃぁねぇなぁ」

「はい、その場面を見たわけではありません。ですが姿が見当たらず、私は殺されたと考えております」

由松の幼馴染の名前は、お茂《しげ》という。

お茂は、由松と同じ植木屋職人の娘で、松風家に見習い奉公として出てから、すでに三か月ほどが経っているという。

ときどき植木の仕事で出入りするときに、由松はお茂と顔を合わせていた。

「ところが十日ほど前から、お茂さんの姿が見えなくなったのです。どうしたのかなぁ、と顔見知りの腰元に聞いても、さぁと首をひねるばかりで」

どこに行ったのかわからない、という答えが帰ってくるだけであった。

「いまになって気になるのですが」

どうしたのかと朝吉が問うと、最後にお茂と話したとき、どこか浮かない顔をしていたという。

「なにか大事な話があるといっていました」

そのときは、それほどたいしたことではないと感じていたが、今回、もぐりこんだだけで命を狙われそうになり、お茂の憂鬱《ゆううつ》そうな声と表情を思いだした。

「お茂は、なにか松風家の秘密を知ってしまったのではないかと」

だから、お茂はすでに殺されてしまったのだ、と由松はいうのだった。

朝吉は、そんなことがあるだろうかと九郎の顔を見た。

「松風の家はご大身としては、けっこう知られています。奥方がたしか御三卿《ごさんけい》にゆかりのある姫だったと思います。そんなところからも、名門ということだと思います」

「そうですか。ところで御三卿とはなんですか」

「徳川家には、尾張《おわり》、紀伊《きい》、水戸《みと》の御三家《ごさんけ》がありますが、御三卿は田安《たやす》、一橋《ひとつばし》、清水《しみず》と、将軍家直系の家系です。主に跡継ぎを選ぶために、八代将軍吉宗《よしむね》公のときに設立されました」

「なるほど。それだけの姫を奥方にしているとしたら、松風とやらの旗本も大変ですね。もし名門の家のなかに秘密があるのだとしたら、隠したいと考えるのは当然のことかもしれません」

九郎は語りながら、由松の肩口に目を送った。

「それより、その傷をそのままにしていたらいけません」

そうだ、と朝吉は手ぬぐいを取りだすと、由松の傷口を固く縛《しば》りつけた。

「これで傷をおさえておけば大丈夫だろう」

ありがとうございます、と由松は涙を流しそうになっている。朝吉が手ぬぐいで傷を巻きつける姿を見ていた九郎が、そうだ、といいながら、

「由松さん、松風家の間取りを覚えていますか」

「なんとなくはわかります」

「では、それを教えてください。すべてではなくてもいいのです。入りやすい場所でも、由松さんがもぐりこんだ場所でもかまいません」

「九郎さん、なにをする気です」

朝吉の言葉に、九郎はにんまりするだけであった。

「それにしても、おまえのその草履《ぞうり》はかたかた音がするが、どうしたのだ」

由松の草履は逃げ惑っているときから、コチコチと音がしていた。

不思議そうに朝吉が聞くと、由吉はなんでしょうか、と草履を裏返した。すると小さな石がはさまっている。転がって逃げるときにでも、はさんだのでろう。

「そんな草履を履いていてはいかぬ」

九郎は朝吉にいって、お友さんのところに新しい草履を求めにいこうと誘う。

由松は、そんな親切にされたら困ります、と逃げ腰だったが、

「お金の心配ならいりません。私は源氏の御曹司ですからね」

「いえ、この石を外したら、それで終わりですから」

「いいから、ついてまいれ」

強引な九郎を見て、朝吉はにやついている。九郎はこんなことを理由にしてお友に会いにいくつもりだ、と考えたからであった。


その夜、九郎と朝吉は深夜に須田町を出た。

向かったのは、道灌山《どうかんやま》の麓《ふもと》にある松風家屋敷である。

「む、鞍馬山か」

「違います、道灌山です。江戸の北側には日暮《ひぐ》らしの里《さと》という場所があります。そこにから数丁行ったところにある、丘というには高すぎ、山というのはまぁ、

ちょっと低いかな……そんな山です」

「鞍馬山は高い」

「鞍馬は忘れてください」

「それは無理です。私はそこで天狗から、いろんな術を習いました。忘れろといわれても、忘れることはできません」

道灌山の麓には、佐竹家の下屋敷が広がっている。そこから畑をはさんだところに、武家屋敷が並んでいる。

見たことがあるような景色だと思ったが、竹藤家の屋敷に近いらしい。

「九郎さん、忍びこんでなにを探すんです」

「お茂さんが監禁されているかどうか。もし死体があったら、お茂さんがどうなったのかはっきりするでしょう」

「殺されているとしたら、死体はいつまでも置いていないでしょう」

「たしかに。だが、殺しがあったとしたら、なにかその痕跡があるのではないかと思う」

「こんな暗いときに、見つかりますかねぇ」

「私は鞍馬の出です。闇には慣れています」

「ははぁ」

朝吉は感心しきりである。

屋敷の前に着くと、囲んでいる海鼠塀《なまこべい》を九郎はひとまわりした。

「ここですね」

由松がもぐりこんだ場所に違いない。内から大きな松の木の枝が伸びていて、海鼠塀にのぼって枝に飛び移れば、なかにおりることができそうだ。

由松が入りこんだせいか、警護がその周辺にいるようだった。会話が聞こえてくるのである。

「九郎さん、向こう側には人がいるようです」

「気にしない、気にしない」

大丈夫かと朝吉はいうが、細かいことは気にしない、といいながら九郎は、海鼠塀をあっという間にあがってしまった。

朝吉には、なかに入ったら潜戸《くぐりど》を開くから、その前で待っているように告げた。

朝吉が見ていると、あざやかな体技を使って、九郎の姿はなかに消えた。

あ。

う。

小さな呻《うめ》き声が聞こえてきたと思ったら、すぐ潜戸が開いた。

「江戸の侍は弱いな」

「九郎さんが強いんです」

にやりとした九郎は、中庭を奥へと進んでいく。

くねくねしているせまい道があり、まっすぐ進むと濡《ぬ》れ縁《えん》にぶつかった。

靴《くつ》脱《ぬ》ぎ石を踏みながら、慎重に九郎と朝吉は濡れ縁にあがりこんだ。しばらく周囲を探りながら、濡れ縁に続く障子戸《しょうじど》を開いた。

八畳部屋だった。

行灯《あんどん》が部屋の端《はし》にあるように見えるが、もちろん火は入っていない。

真っ暗ななか、九郎は続き部屋の襖《ふすま》を開いた。

気をつけて、という朝吉の言葉を受けながら、さらにとなりの部屋を開けた。

しっ、と九郎は唇に手をあてた。

吐息が聞こえてきたからである。誰かの寝所らしい。

寝息を立てながら眠っている。女だった。見た目から十代後半であろうか。

女の顔を上から覗きこんだ。甘い吐息が、規則正しく吐きだされている。見るからに健康そうな娘だった。

ふと、女が目を開いた。自分の顔を覗いている男がいるとは気がつかずにいる。しばらくしてから、

「誰じゃ」

起きあがろうとした瞬間、九郎が口をおさえた。

「し。怪《あや》しい者ではない」

影が見えるだけで、九郎の顔を認めることはできないだろう。後ろにいる朝吉は、黒い塊にしか見えないはずだ。

「お聞きしたいことがあります」

女は抗《あらが》おうともせずに、じっと目を見開いている。しばらくすると闇に目が慣れたのか、焦点が合ってきたようであった。九郎は口元から手を離した。その途端、女が口を開いた。

「盗人か」

「違いますよ。危害は加えませんからご安心を」

「いきなり襲われて、安心しろといわれても無理じゃ」

「これは失礼しました」

ていねいな応対に、女は危険はないと判断したらしい。身体の力を抜いて、

「なにを知りたい」

「こちらに、お茂という見習いの子がいたと思ますが」

「お茂。いましたね。あの子がなにかしましたか」

「いえ、近頃、姿が見えないと幼馴染が心配しております」

「そんなことで、もぐりこんできたのか」

「幼馴染にしてみたら大変なことですから」

「それは、由松のことか」

「ご存じでしたか」

「お茂から聞いたことがある。そうか、そういわれたらお茂の姿が見えぬな」

「姫も知らぬと」

「どうして、私が姫とわかった」

「その口調と態度では、誰でも姫だと思います」

そうか、と姫は苦笑する。

「この屋敷には、なにか隠された謎がありますね」

「出会え、曲者《くせもの》じゃ」

突然、姫が叫んだ。朝吉が、しまったと吐きだすと同時に、すぐさまどたどたと廊下を走る音が聞こえだした。

逃げよう、と九郎が朝吉に告げる。

姫の叫び声を後ろに聞きながら、九郎と朝吉は濡れ縁に戻り、中庭を走っていくと井戸にぶつかった。ずれてはいるが上蓋《うわぶた》があるところを見ると、普段は使っていないのだろう。水が枯れたのかもしれない。

月明かりのおかげで、井戸の周囲もぼんやりと見えている。迫《せま》ってくる追手《おって》に向けて、九郎は井戸のまわりを囲んでいた砂利《じゃり》を数粒拾って投げつけたう。

痛。

数人の追手が石礫《いしつぶて》に足を止められた。

「いまだ」

ふたりは潜戸から外に飛びだして、月明かりのなかを駆け抜けた。

三

翌日、例によってお園がぱたぱたやっているところに、朝吉がやってきた。お園は由吉が寝ているとは知らずに、別室に入って驚いている。

飛び起きた由吉が説明をすると、今度は九郎のところに行き、客がいるならちゃんと教えておけ、と怒鳴り散らした。

九郎はすみませんと謝ってから、由吉を呼んだ。朝吉がそばに座る。

昨日の夜、松風家の下屋敷に忍びこんだと伝える。

由吉の目が輝いた。お茂について、なにか手がかりがあったのではないかと問う。しかし、九郎は残念ながらそこまで調べることはできなかったと答えた。

由吉は肩を落とす。

「でも、あの屋敷には、なにか問題があるとはっきりしました」

朝吉が首を傾《かし》げた。どうしてそんなことがいえるのか、という顔つきである。

「私が姫らしき娘に、この屋敷には秘密があるといった瞬間、曲者と叫んで家臣たちを呼びましたね」

「そうでした」

朝吉もうなずく。

「つまり、その話をしたくなかったのでしょう」

「やはり秘密というか、お茂に関してなにかあると考えてもいいのでしょうか」

由吉が勢いこんだ。

「そうかもしれませんね」

と、朝吉が由松に顔を向けて、

「あの屋敷について、なにか噂みてぇな話を聞いたことはねぇのかい」

「あります」

うなずいた由吉は、十年前くらいの話だけどと断って、

「狂い女が生まれてしまったといわれていたのです」

「狂い女とはなんのこった」

いまから十六、七年前に姫が生まれた。ところが、六、七歳くらいになったころその子が江戸から姿を消した。

その原因が、女の子は頭がおかしくなってしまい、江戸には置いておけなくなったのではないか、という噂だったのである。

「その話が真実かどうかはわかりませんが、親方から聞いた話によると、ときどき屋敷内から女の嬌声が聞こえてきていた、といいます」

「姫の頭がおかしくなって、叫んだりわめいたりしていたというのかい」

「噂なので、はっきりしたことはいまだにわかりませんが」

由吉は首を傾げる。

「ですが、私が植木の仕事でお屋敷に行ったときにも、変な声が聞こえていたのは間違いありません」

「それはいつのことですか」

「お茂さんと最後に話をしたときだから、いまから半月前ですかねぇ」

「そんな近い日の話かい」

「私たちがもぐりこんだときに出会った娘は、どうみても普通の姫さまでした」

九郎がいうと、朝吉も同調する。

「あの闇のなかで受けた優雅な感じは、お姫さまに違ぇありませんや」

あの姫が狂い女だったのかと、九郎と朝吉は目を合わせた。

「そんなおかしな感じは、まったく受けませんでしたけどねぇ」

不思議そうに朝吉がつぶやくと、由松が応じた。

「姫も、常に狂っているわけではなく、なにかのきっかけでそうなるのではないか、といわれていましたから」

「そうか、あのときは正常だったのか」

朝吉が納得すると、九郎は笑みを浮かべて、

「そこに、なにかの謎がありそうですねぇ。狂いだすきっかけがあるのかもしれません」

朝吉にもう少しあの屋敷を探ってみよう、と告げた。

「あっしはどうしましょうか」

いつまでもここに世話になっているわけにいかない、と由吉はいう。

「お園さんなら気にせずともいいでしょう。この件が片付くまでいてください」

侍たちに捕まると面倒だ、と九郎はいうのだった。


それから数日の間、朝吉は矢之助と一緒になって、松風屋敷の噂を集めていた。九郎からも虱潰《しらみつぶ》しに調べてほしいといわれたからである。

その間、九郎はひとりで江戸の町を散策している。周囲には江戸の町をもっと知りたい、と語っていた。そこで、ひとりで歩くのは迷子になったら困る、とお友に案内を頼んだのだが、

「私には、お店があります」

あっさりと袖《そで》を振られた。

「たまには、店を閉めてもいいのではありませんか」

「お客さんが来るのですよ。そんなことができるわけがありません」

「その間の売上分は私が払いましょう」

そういうと、九郎は札入れのなかから小判を取りだした。勘解由から持ってお
け、と渡されている金子だった。

「馬鹿にしないでください」

お友は、店のなかに入っていってしまったのである。

九郎はしかたなくひとりで散策をはじめる。

浅草の奥山、下谷山下から広小路。さらに両国まで足を伸ばしたぶらぶら歩き。

派手な小袖に肩に刀を担いで歩く。まわりから見たら、いかにも遊び人が物見遊《ものみゆ》
山《さん》をしているように見えるかもしれない。

もちろんそれは建前で、松風の侍たちとの遭遇を狙っていたのである。

夜になった。

その日も、両国広小路を九郎はひとりで歩いている。

たまにはひとり歩きも楽しい、と月を見あげた。

丸くて黄色い月を見ていると、故郷が思いだされた。

「江戸で見る月よりも、もっとあざやかだったような気がするのだが」

同じ夜の空だとしても、どこか色合いが異なるのかもしれない。それは、江戸の空が汚れているからだろう、と九郎は思う。

江戸のように人が多いと、それだけ庶民の煮炊きする煙が空にのぼっていく。それに、今戸《いまど》あたりでは焼き物を作る煙などもたなびく。

その光景も、初めてであったり、たまに見るぶんには風情のある景色かもしれないが。それが毎日だとしたら、空が汚れるのではないか。

普段、弁慶と一緒にいるときは担いでいる刀を、いまは腰に差していた。五尺に届かぬ九郎の背丈には、四尺二寸五分の刀は長く感じる。そこで、普段は担いでいるのだ。

と、広小路から外れた路地で殺気を感じた。

とっさに足を止めて、気を感じたほうへと顔を向ける。

「人違いではないのか」

鯉口に手をかけて、ささやいた。

数人に囲まれたらしい。

繁華街からは外れている。

人の流れは少ない。襲うには都合のいい場所だと、九郎は苦笑する。

「物取りか、あるいは辻斬《つじぎ》りの類《たぐい》か」

「そうではない」

思いのほか落ち着いた声が聞こえてきた。

「その語り口は侍らしい。それも、けっこう身分がある者であろう」

「九郎どの、と申したな」

「源氏九郎義経である」

九郎と呼べとはいわない。どこの誰かわからぬ相手である。囲んでいる相手たちからは、殺気が発せられている。

「驚かせて申しわけないが、しばしご同道願いたい」

「顔も見せぬ、名乗りもせぬ。そんな相手に同道せよといわれても」

つと、近づく足音が聞こえた。

「なんだ、ひょっとことは恐れ入った」

九郎の前に進み出てきたのは、月夜にもひょっとこの面を被った侍とわかる。

だが、ひょっとこの後ろに控えて、いまにも九郎を襲おうと殺気を放っている侍たちが被っているのは、狐《きつね》の面だった。

「ひょっとこに狐とは、これいかに」

「その心は、と応じてみたいのだが答えはありません」

「ふむ、おぬしとは話が合いそうだな」

「それはありがたいかぎり」

「話が合いそうだからといって、同道するとはいうておらぬ」

ざざっと地面が音を立てた。

狐たちの囲みが縮《ちぢ》まった。

「待て待て、こんなところで狐に斬られる気もない」

九郎は、自分を襲う理由を持つと考えられる顔を思い浮かべてみた。

竹藤家で自分を邪魔者と考えている一派は、一定数いるであろう。いきなり山から新しい若君が出てきたといわれて、それを腹におさめることができぬ者たちはいるはずだ。

そやつらは、おそらく藤千代を跡継ぎとしたい一派であろう。

それにしては、ひょっとこの声音には殺伐《さつばつ》とした臭気《しゅうき》は感じられない。狐たちはまだ若そうな連中だから、血気に逸《はや》っているだけで、本気で九郎を斬ろうとはしていないと感じていた。

違う。

竹藤とはかかわりはなさそうだ。

では、どこの誰だ。

「九郎どの、私たちの正体を探るのは無駄です」

「あんたは、他人の心を読めるのか」

「さぁねぇ」

含み笑いをしたひょっとこは、九郎に一歩近づいて、

「では、九郎どの、ご同道願います」

今度は九郎もいいでしょう、とうなずいた。

「申しわけありませんが、これを」

ひょっとこが懐《ふところ》から取りだしたのは、お多福《たふく》の面だった。

面をつけると、目の部分が塞《ふさ》がっていた。

「そのまま歩くのは不便と思われますので、駕籠を用意してあります」

その声を暗闇のなかで聞きながら、今日の月は上弦《じょうげん》の月であったなぁ、と九郎はつぶやいた。

四

連れていかれた場所はどこか、想像もつかない。

もともと江戸には明るい九郎ではない。たとえ目が見えたとしても、駕籠が止まった場所を知ることはできなかったことであろう。

無骨《ぶこつ》な手に引かれて廊下を進み、座敷に入ったと思ったところでひょっとこが、お座りくださいと勧めた。

「お面は外してもよろしゅうございます」

目が見えるようになっても、ひょっとこはそのままだった。どんなことをしても顔は見られたくないらしい。だが、それまでまわりを囲んでいた狐は一匹もいなかった。

「なにがはじまるのです」

九郎は行灯の光を感じながら、目をしょぼつかせている。

「その前に、九郎どのにもう一度お聞きします。お名前を教えていただきたい」

「源氏九郎義経」

「なるほど、なるほど、ということは、あなたさまは頼朝どのの弟、源氏の御曹司と呼ばれたかたですな」

「間違いありません」

ひょっとこは面のなかで、ふふふと笑った。

「その言葉を聞いて安心いたしました」

はて、と九郎は首を傾げる。いままで名を語ったときの反応とは、まったく異なっているからである。だが、それをわざわざ言葉にする九郎ではない。

「それは嬉しい」

「そこで」

ひょっとこがなにかを話そうとした瞬間、となりの部屋とつながっていると見られる襖《ふすま》が、大きな音を立てて開いた。同時に、

「きゃはははは、はははは、きゃははは。われは巴なり」

女が入ってきて、九郎の前で演舞をはじめた。

女の顔には、九郎が被ったお多福と同じ面を被っていた。表情はわからないが、大きく口を開いているのであろうとは想像にかたくない。

左右に身体を傾《かたむ》けたり、しゃがんだり立ちあがったりしている。巴の踊りをな

ぞっているつもりらしい。

「九郎どのは、平安の世からこの江戸に移動してきたのでしょうな」

「そのとおりです」

「それでもいまのところ、日々の暮らしに困ってはおらぬのでしょう」

「たしかに」

「では、そのこつを教えていただきたいのです」

「ははあ、それが私を拉致《らち》した目的ですか」

「ご覧のとおり、私どもの姫は自分が平安のころからこちらにやってきた、と思いこんでおります。しかし、そのままでは、なかなか日々の暮らしを落ち着いて暮らすまでには至っておりません」

「わははは、似たような馬鹿なふたりだから、私にそのまま生きる術《すべ》を教えてほしいというのですか」

「ぜひ、姫を助けると思って」

頭をさげるひょっとこを見ながら、九郎は皮肉な顔をする。

「わかりました。ならば姫にひとつだけ、お願いしたいことがあるのだが」

お多福は、すとんと子どものように九郎の前に足を折って座った。

「姫、ご自分が巴だというのでしたら、次のことをやっていただきたい」

「きゃは、きゃは」

「巴は踊りもうまかったが、もっと私を楽しませてくれたのは、でんぐり返りです」

「でんぐり、きゃはきゃは」

「ぐるんぐるんと前や後ろに、寝たままひっくり返るのです」

「きゃはきゃは」

「そうですか、やりますか」

お多福はすばやくしごきの一本を外すと、裾《すそ》を縛りつけた。

さすが姫は行儀がよろしい。

すこし間があり、お多福は面のなかからこちらを見つめていたが、にやりとした雰囲気を感じた。

すると突然、仰向けになると足を頭のほうへと向けた、ぐるんと身体をまわして、でんぐり返りをした。

一回後ろに回転したら、次に前側に身体をまわした。それを数回続けた。面のなかでまた、にやりとした雰囲気を感じた。

その雰囲気にどこか見たことがある、と九郎は感じる。

ははぁ、とうなずきながら九郎は手を叩いた。

「お上手、お上手。たしかに巴に似ていましたよ」

「私は巴であるぞ」

「なるほど。しかし、巴はそんな偉そうな言葉遣いはしなかったと思うが」

「時代が変わったのじゃ」

「ほう、時代がねぇ」

あぁいえばこういう。聡明な姫らしい。とても狂っているとは思えない。

と感じていたら、突然、ぎゃはぎゃはと大声をあげると、立ちあがって両手を広げ、ぐるぐるまわりはじめた。

九郎はじっと見つめ続けている。

「九郎どの、いかがかな」

ひょっとこが尋ねた。

「ふむ、なにをどう答えたらいいのかわからぬが、まぁ、この姫は狂っていながら聡明でおられる。このままでもよいのではないかな」

「ははぁ、このままですか。しかし、これでは九郎どののように、世間のなかで暮らしていけるとは思えませんが」

「無理をしてくだらぬ世間のなかで暮らすよりは、こうやって気ままに生きているほうがよろしいと思いますが」

「世間はくだらぬところですか」

「くだらないですね。跡継ぎが誰になるか争ったり、あっちのお家は優秀だ、こっちは下劣《げれつ》だ、男は女に懸想をし、いうことを聞かずば気に入らぬといって乱暴を働く者もいる。それだけではない、金持ちは貧乏人から搾取《さくしゅ》するし、病になっても金持ちは薬を飲めるが、庶民のなかには医師に見てもらえぬ者たちがいる」

「ははぁ」

「どうです、くだらぬと思いませんか」

「しかし、それが世の常《つね》」

「世の常。義経ですよ、私は」

「ご冗談がお上手ですなぁ」

ひょっとこはお面のなかで苦笑していることであろう。

九郎は、向き直った。

「なぜに、この姫は狂ったのです」

「さぁ、病がどうして生まれたのか、私にはさっぱり意味がわかりませぬ。気がついたら、このようになっておいででした」

「普段はどうなのだ」

「それもよくわからぬのですが、普段は普通にしておられます。ですが、なにかのきっかけでこのようになるのです」

「ほほう、それは面妖《めんよう》な」

「はい、たしかに面妖でございます。九郎どのには、なにかお気づきのことはありませんか」

「ないな」

「ありませぬか」

「どうして私に、そのような知恵があると思うたのだ」

「ですから」

「義経だからかな」

ひょっとこはしばらく思案していたが、

「まぁ、そう考えていただいてよろしいかと」

「なにか含みがありそうだが」

「そうでございますかな」

「おぬしは食えぬ男であるなぁ」

「はて」

「おぬしほどの者がおるのに、どうしてこの姫はここまでおかしくなったのか、それが気になる」

「私ごときがいようがいまいが、それは関係ありますまい」

「いや、あるな」

「それはどのような意味でございましょう」

そこで九郎は、しばし口を閉じていたが、にやりと頬《ほお》を動かすと、

「おぬし、この屋敷の用人《ようにん》か。大名家とは思えぬから、おそらくはご大身。だとしたら用人であろう」

「それほどのものではありません」

「ほれほれ、そのとぼけかた。だから食えぬ男と申した」

「九郎どのは、やはり御曹司だけありますな。威厳があります。光があります。それにどういうわけか、この老体の気持ちを引きつける。不思議なかただ。いつかは名君になられることでしょう」

「私は、いつか京に戻る。平泉かもしれん。いつまでも江戸にいるつもりはない。ゆえに、どこぞの殿さまにはならぬのだ」

「はて、義経どのは平泉でお亡くなりになられたと聞き及んでおりますが」

「死んではおらぬ。現に、ここにこうしておるではないか」

「これまた面妖な」

「この世には不思議なことがあるのですよ、ひょっとこさん」

「たしかに」

「さらにいえば、世の中は変わる。世は常ならず。無常のなかで私たちは息をしておる。飯を食い、宮仕《みやづか》えをし、出世にあくせくし、女房子どもに手を焼く。ときには狂った姫に惑わされる。それが日々の暮らしです」

「さすが九郎どのの言葉は奥が深い」

九郎は苦笑する。いまの褒め言葉のなかには、意味不明という文字が隠されていると感じたからである。

九郎の苦笑いを見て、ひょっとこは、ふっと息を吐いた。

発作はおさまったのか、姫はしごきを外さずそのまま正座を保っている。

「姫、頭が狂ったくらいで大騒ぎをする必要はないのです。そのまま走りなさい。

笑いなさい、楽しみなさい」

　答えはない。

「といっても姫にはわからぬか」

「わかる」

　突然、姫が口を開いた。ひょっとこが驚きの声をあげる。

「姫、いまの九郎どのの言葉を聞いていたのですか」

「私は、逃げたい」

「ほう、ならば逃げたらよろしい」

　九郎が答えると、ひょっとこがあわてて、それは困りますと叫んだ。

「逃げたければ逃げたほうが楽しいですぞ、姫」

「逃げたい、逃げたい、こんなところから逃げたい」

　わはははは、と最後は九郎の笑い声が屋敷中に響き渡りそうであった。

五

　由吉は、さすがにいつまでも世話になるわけにはいきません、といって、九郎から買ってもらった新しい草履を履き、阿部川町《あべかわちょう》にある住まいに戻っていった。

朝吉は、まだ松風家に狙われているかもしれぬと心配するが、

「ご心配はありがたいのですが、このまま仕事もせずにいると、腕がなまってしまいます」

「襲われたらどうするのだ」

朝吉が問うと、九郎はもうその心配はいらぬであろうよ、という。

どうしてか、と問うと、

「敵は由松さんの後ろには、弁慶がいると知りました。そんな相手を殺したり、怪我をさせたら、自分たちの首を絞めることになるからです」

「ははぁ、あっしがいるのに、由松さんを殺したんじゃ藪蛇《やぶへび》ですからね。手をくだしたのは、すぐに松風家の誰かだと吹聴《ふいちょう》される」

朝吉は納得した顔をする。

「それに、もっとほかに理由があるのですが、それはのちほど」

その言葉に、由松は怪訝《けげん》な目を向けたが、

「とにかく、いろいろありがとうございました」

「まぁ、ときどきは見にいくから心配するな」

「ありがとうございます」

　ふたりから離れようとする由松に、九郎が付け足した。

「お茂さんの件は、私が謎を解きますよ。それと、万が一のことがあったら困りますからね、矢之助親分に頼んで小者をつけておいてもらいます。これで誰かが襲おうとしても安全です。矢之助親分は、絶対に目溢《めこぼ》れはありませんから」

　矢之助親分、と由松は訝《いぶか》しげな顔をするが、すぐ、あぁ、野上の旦那ですね、とうなずいた。

「あ、はい、ありがとうございます。よろしくお願いいたします」

　にこにこしながら九郎は、由松を送りだした。

　朝吉は、須田町の自身番に行って由松の件を野上の旦那に伝えるよう頼んでくる、といって外に出た。

　しばらくして戻ってきた朝吉は、ふぅと息を吐いて九郎の前に座った。駆け足で行ってきたらしい。

「さて、弁慶。首尾を聞こうか」

「へぇ、松風家を調べた結果ですね」

　矢之助とふたりで虱潰しに調べた結果、狂った姫の噂もさることながら、姫が狂いはじめたころ、松風家の若侍が辻斬りに遭った、という噂が立っていた、と朝吉はいう。

その事件の噂と同じころに、姫が狂いはじめたらしい。

九郎はその話を聞いて、よし、とうなずいた。

「松風家の謎を解きにいきましょう」

「謎ですかい。あの屋敷にはやはり謎があったんですね」

「ありましたねぇ。この前もぐりこんで、いろいろ気がついたことがあります。それに」

九郎は、先日ひょっとこと狐に襲われた話をする。

「そんなことがあったんですかい。教えてくれたら助けにいったのに」

「わはは、それは無理でしたねぇ」

あんな状況で呼びつけることなどできるわけがない。

「でも、いろんなことがわかりましたよ」

「ということは、そのひょっとこと狐は、松風家の者たちだったんですかい」

「間違いないでしょう」

さらに九郎は、狂った姫の話を付け足した。

やはり狂った姫がいたのか、と朝吉は得心顔をする。

「そういえば松風家は名門というか、御三卿につながる旗本家でしたね」

「へぇ、まぁ、どこまで本当の話か知りませんが、たしか奥方が御三卿につながるお家の姫さまだったはずです」

「なるほど、その話を思いだして、またまたいろいろ謎が解けはじめました」

「御三卿がなにか」

「とにかく、松風育之介を拉致しましょう」

「それは大変です」

「登城後の駕籠を襲いましょう」

「そんなことができますかい」

「私は源氏の御曹司です。できないことはありません。失敗もしません」

自信満々の九郎を見つめる朝吉の目は輝いている。矢之助がいたら舌打ちでもするところだろう。

「ところで、またこの前、高柳の旦那と駒六らしきふたりが、垣根の陰に隠れていたようです」

「ほう、それはまたご苦労なことですねぇ」

「お園さんが気づいて声をかけたら、すっ飛んで逃げ去ったようですけどね」

高柳格之進も陰ではこんな馬鹿にされているとは気がつくめぇ、と朝吉はさらに下駄を鳴らす。

「では、松風育之介のほうをやっつけにいきましょう」

そういいながら、九郎は先を進んでいく。あわてて朝吉は追いかけた。


九郎と朝吉は、早足で日暮らしの里に向かった。道灌山の麓に出ると九郎は、山の方向へと目を向ける。

「ふむ、鞍馬の山とはちと違うな」

「鞍馬山とはどんな様子ですが」

「私が幼きころ、修行した寺がある。途中まではゆるゆるとのぼっていくことはできるが、そこからは急な階段やらせまい坂道をのぼることになります」

「比叡山もそんなもんでした」

朝吉は弁慶になりきっている。

「そうか、そういえば弁慶は比叡山の僧兵をやっていたのであったのぉ」

「へぇ」

「僧兵はへぇ、とはいいませんよ」

　ふたりは目を合わせて大笑いをした。

　まもなく松風家の門が目に入ってきた。

　潜り門の前に立つ門番が、所在なさそうに六尺棒をぶんぶん振りまわすような仕草をして遊んでいる。

　そこに、朝吉が刺股を目の前で振りまわしてみせた。朝吉は元相撲取りだけあって、怪力である。頭の上で回転する刺股を見て、門番は目を丸くしている。

　とんと刺股を地面におろしてみせた朝吉は、にやりと門番を見つめる。

「な、なんでぇ、おまえ、なにがいいてぇ」

　それに返答したのは、九郎である。

「いえいえ、ちとこの者は頭がいかれておるでなぁ。許せ」

「頭がいかれているのか、それならしょうがねぇ」

　あっさりと門番は九郎の言葉を信用して、朝吉への態度を変えた。

　坊主頭の大男。下駄を履いて胸にはおおきな数珠をぶらさげている。そんな格好をするのは、たしかに普通ではないと感じたらしい。

「可哀相になぁ、この世には狂った者がけっこういるのだなぁ」

「おや、そんなに狂った人を知っているのですか」

九郎の問いに、門番は息を呑んだ。

「な、なにをいうておる。知らん、知らん、そんな狂った者など、そうそういるわけがねぇ」

あきらかに動揺していた。

なにかを知っているからだろう、と九郎も朝吉のそのあわてようを見て感じる。

「この屋敷におかしな人でもいるのですか」

「邪魔だ、そんなところにふたりで立っているな」

門番は、潜戸のなかに入って閉めてしまった。

「九郎さん、あの態度は」

「はい、間違いないですね」

この屋敷の謎を現している、とふたりは目を合わせる。

ひょっとこやお多福がいた屋敷は、やはり松風家だろう。目隠しをされたために、屋敷の場所はわかりはしなかったが、いろんな噂、いまの門番の態度などから、この屋敷だったと断言できる。

九郎は、にやりとすると、

「弁慶、お城勤めは何刻までかわかるかな」

朝吉は、空を見あげて陽の傾きを見た。

「そろそろ羊の刻ですね。城勤めから戻ってくるころです」

よし、待っていようと九郎はいった、

「ここで松風育之介を拉致しよう」

それから半刻したころ、こちらに向けて駕籠が揺れている。

九郎は弁慶に行こうと声をかけて、すたすたと駕籠の前に進み出た。

まわりを固めている家臣が、ざざっと九郎の前に出る。

「なんだ、おまえは」

そういってひとりが、九郎の顔を見て驚いている。その表情は九郎を知っていると語っていた。

「あぁ、由松さんを襲った人たちですね。それだけではない、狐さんたちだ」

「狐だと」

「はい、お狐さん。駕籠に乗っているのは、まさかひょっとこさんではないでしょうねぇ」

「なにを騒いでおる」

駕籠が開かれて、なかから四角い顔が見えた。

「松風育之介さまですね」

「なんだ、おまえは」

派手な小袖を着ている九郎に驚いた育之介は、引き戸を閉めようとする。手を伸ばして朝吉がそれを止めた。

「少しお付き合いいただけませんか」

「なんだと。私を誰だと思っている」

「松風育之介さま」

「そういうことではない」

「このお屋敷に起きている不思議な話について、少々お話をしたいと思いますが、いかがですか」

「不思議な話だと」

「姫についてです。狂った姫。それも本当に狂った姫についてです」

九郎は指を自分のこめかみにあてた。

松風育之介はなにを話そうとしているのか、気がついたらしい。九郎が本当に狂った姫と告げた途端、顔は真っ青に変化していた。

六

松風育之介は悪態をつきながら駕籠から出た。小柄な九郎の後ろに大きな朝吉の姿があり、たたらを踏みそうになる。あまりにも、ふたりの陰影の差が大きかったからだった。

「松風育之介さま、こちらへどうぞ」

朝吉が誘うと、松風育之介は素直についてきた。

家来が横についたが、手でそれを追い払った。

朝吉は、すぐそばにある料理屋に入っていった。そこは福富《ふくとみ》といい、矢之助がよく使っている店である。お光《みつ》というおかみと、お梅《うめ》という女中が切り盛りをしていて、それに包丁人がひとりいる店だった。

矢之助はお光に心を寄せている様子が見られるが、お光にはその気はなさそうだ。それでも矢之助は懲りずに通っているらしい。九郎たちが内緒の会話を交わすにはうってつけである。

朝吉がお光とお梅に挨拶をすると、お梅から二階にお膳を用意いたします、と声がかけられた。朝吉はうなずき、九郎と松風育之介のふたりを案内するために、先に階段をのぼっていく。

松風育之介は、自分が上座《かみざ》に座るものと思っていたのだろう、九郎が先に床の間を後ろに座った姿を見て唇を歪《ゆが》める。

「こちらは、源氏の御曹司ですから」

朝吉が告げた。

「なにぃ、御曹司とはなんだ、いやその言葉は知っておるが、どうしてそんな男がここにいるのだ、と聞いておる」

「松風育之介、苦しゅうない」

「馬鹿め」

からかわれていると考えたのだろう、立ちあがって帰ろうとする。

「松風育之介、姫を殺しましたね」

「馬鹿なことをいうな」

姫を殺したという言葉を聞いて、座り直す。

「わしが姫を殺しただと」

「そうです。もっとも、殺したというのはいわば比喩《ひゆ》。姫の生きる気力をなくさせた、といったほうがいいかもしれません」

「なにがいいたいのだ」

「十数年前、松風家には可愛い女の子、つまり淑姫《としひめ》が生まれましたね」

「あぁ、十七年前だ。目のなかに入れても痛くないという言葉は、真実だと知ったぞ」

「その淑姫が十歳に近づいたころ、国元に送られてしまいましたね。そこには、姫のある病気が隠されていました」

九郎はじっと松風育之介を見つめるが、返答はない。

「それは心の病であり、ときどき狂ったような大声を出す、というものでした」

「もうよい、姫の病の話をしてどうするつもりだ」

「話はまだまだ続きます」

九郎は、座って聞くようにとうながした。

「不思議なことに、ある日、私はある侍に声かけられ、あるところに連れていかれました。武家屋敷です。そこで、十七歳くらいの姫を紹介されたのです」

「なんじゃと」

やはり松風育之介自身は知らぬ出来事だったのか、と九郎はうなずく。

「そのとき、どんなことをされたかお聞きしたいですか」

「む、なにがあったのだ」

「姫が出てきました。私を拉致同然に屋敷に連れてきた侍は、この姫には少し頭の病がある。原因は心が壊れたからだと医師はいう。心の病はなにかのきっかけで治る場合があると聞いた、とそのひょっとこはいいました」

「ひょっとことはなんだ」

「いい忘れてました。私を拉致した男は、ひょっとこの面を被っていたのです。ほかの若侍たちは、狐のお面でした。つまりは、顔を見られたら困るということでしょう」

「目的を先にいえ」

「姫が出てきて、狂ったように笑いました」

「なにゆえ、そのひょっとこの面は、おまえにそんな頼みをしたのだ」

「さぁ、私が源氏の御曹司だからでしょうか……いえ、おそらくはそんな言葉を公《おおやけ》に言い触らす私も、頭がいかれていると思われたのでしょう」

たしかに、あのひょっとこはそれに近い話をしていた。少し頭のいかれた九郎でも、日々の暮らしはできている。そのこつを教えてほしい、というような意味であった。

だが、それは建前であろうと九郎は考える。拉致の目的はほかにあったのだ。

「その目的は、私にその若い姫を見せるためです」

「どんな意味があるのだ」

松風育之介の顔は、しだいに暗くなりはじめていた。九郎がなにをいいたいのか、気がついたらしい。

「どうして、私を選んだのか。それはまぁよくわかりませんが、この派手な格好に付き人は弁慶。弁慶は御用聞きです。私に姫が狂っていると教えたら、かならず噂が広がると睨《にら》んだのかもしれない」

松風育之介は天井を睨みつける。

「わしがどうしてそんなことをするか。淑姫には縁談がある。姫が狂っているなどと広まったら、それが壊れるではないか」

九郎は目を細めた。そうか、と得心した顔をする。

「そうですね、だとしたら、あのひょっとことお多福は、ふたりで共謀して縁談を壊そうとしたのかもしれませんね。姫の気持ちをひょっとこが汲んで、手伝ったのかもしれません」

松風育之介にはふたりが手を組む心当たりがあるのか、否定はしなかった。

「北町に高柳格之進という同心がいます。そのかたは、この屋敷に出入りしてますか」

「知らぬな」

「そうですか、でも高柳という同心は、噂の真実を探るうちに、なにやらおかしな話を聞きこみました」

朝吉は、どうしてまた高柳の名前を出すのだ、と不服そうな顔をしている。どうせ出すなら矢之助にしてもらいたい、といいたそうだが、邪魔はしない。

「ところで、このお屋敷では、十数年前に奥方付きの若い侍が辻斬りに遭ったという噂がありましたが、それは本当ですか」

「あぁ、そんなことがあったな」

「嘘ですね。辻斬りはまやかしです。本当は、あなたが斬った。あるいは、ほかの腕の立つ家来」

松風育之介は、九郎の顔を見つめる。

「おまえはなにがいいたい」

「狂ったのは淑姫ではなく、奥方ですね」

答えはなかった。

「御三卿ゆかりの姫に、そのような噂を立てさせるわけにはいかないと、あなたは困り果てた」

そうではありませんか、といって九郎は続ける。

「北町に野上矢之助という腕扱きの同心がいます。さらに、ここにいる弁慶は私の腹心。ふたりとも優秀な町方です。ふたりに調べてもらいました。辻斬りが起きたころと、姫が狂いはじめた時期は一致していました」

「それがどうした」

「そのころから、奥方の姿が世間から消えています」

九郎はそこでひと息入れた。松風育之介は、もはや反論する気力も失せたようである。

「憶測ですが、斬られた若侍と奥方は不義でも働いていましたか。それを目のあたりにしたあなたは、逆上して若侍を斬った。奥方もそれを眼前にしました。そして不義を働いた罪の意識と、若侍が命を断ったさまを見た」

それで狂った、という言葉を九郎は飲みこんだ。

驚いたのは、松風育之介よりも朝吉である。

九郎から、過去において松風家になにが起きていたか、噂でもなんでも調べろといわれた。矢之助とともに徹底して調べた。

その結果がこれだったのか、と朝吉は九郎の周到さに感心しきりである。

ただし、高柳の手柄のような話は納得いかねぇとは思っているだが、やはり、口には出さない。

だが、松風育之介はため息をつくと、少し違う、と語りはじめた。

それによると、若侍が辻斬りに遭ったのは本当のことだという。

そして、その若侍は、奥方の弟だったというのである。

じつの弟が辻斬りに遭ったと知り、奥方の心が壊れたのだと沈んだ声を出した。

一度壊れた心は戻らなかったという。

「これが真実だ。奥と弟は仲のよい姉弟であった。だからこそ、よけい心が荒《すさ》んでしまったらしい。病も一気に悪化したわけではない。徐々《じょじょ》におかしくなっていったのだ」

松風育之介の目には、涙があふれている。その涙を見て、九郎は嘘はないと確信した。

「不義などと申して失礼いたしました。ひらにご容赦いただきたい」

頭をさげると、松風育之介はかすかにうなずいただけであった。

七

翌日――。

お園が例によってぱたぱたやっているところに、朝吉が姿を現した。矢之助も一緒である。

矢之助は、なにかいいたそうにもじもじしているが、九郎は無視をしている。

「弁慶、由吉さんの住まいはどこであったかな」

「阿部川町だといってましたね。矢之助の旦那が小者を使って、由松が怪しいやつに襲われねぇかしっかり見張っています」

「それはよかった」

「ですが、昨日、松風育之介との会話では、お茂さんの話はまったく出ませんでした。由松に報告するような内容はなそうですが」

どうして九郎は、松風育之介を追及しているときに、お茂についても質問しなかったのか、と疑問に思っているのだ。

「それをこれから解決にいきます」

矢之助も朝吉も怪訝な目をする。

「これまでの松風家の出来事など、報告に行きましょう」

「こちらからわざわざ行かずとも」

「いいえ、顔を見ながら伝えたほうがいいと思いますから」

それなら行きましょう、と三人は御成街道を進んだ。三味線堀《しゃみせんぼり》に出て、立花家《たちばな》の上屋敷を右に曲がると阿部川町である。

歩く途中、矢之助は我慢ができなくなったのだろう、どうして高柳の手柄になるような話をしたのか、と不服を告げる。しかし、九郎は笑いながら、

「まぁ、いいではありませんか。みなさん、いい気持ちになるのですから」

「しかし。高柳はなにもしてねぇ」

いろいろ調べたのは自分と朝吉だという。

「そうですね。でも、あとで感謝しますから気にしないでいましょう」

ひとごとみたいにいう九郎に、矢之助は憤懣《ふんまん》やる方ない表情をしている。

やがて、安倍川町に着いた。

植木屋由松の長屋はすぐわかった。木戸番《きどばん》に聞くと、由松は在宅しているとの

ことである。自身番のなかから小者が出てきて、矢之助に挨拶をする。由松は襲われてはいないから元気だといった。

九郎は、先陣を切って長屋に入っていった。障子戸の外から、いろいろ報告があるから出てきてほしい、と叫ぶと、由松が憔悴《しょうすい》した顔つきで出てきた。

「おや、どうしました。なにか疲れているようですね」

「飯を食いに出かけるときでも、見張りがついてますからね。休まりません」

笑いながら九郎は、この辺にいい店はありませんか、と矢之助に問う。

阿部川町は、武家屋敷と寺に囲まれた町だ。九郎が好きそうな洒落《しゃれ》た店はねぇなぁ、という。どうせなら浅草まで出たほうが早い、と由松がいった。

四人は門跡前を通り越し、田原町《たわらちょう》に出た。矢之助は、田原町と東仲町《ひがしなかちょう》の間にある小料理屋に入っていった。さすが同心である、顔は広い。

二階の席を用意してもらい、四人は由松を囲んで座った。由松は町方たちに囲まれて居心地が悪そうである。朝吉は、そんなにかしこまらなくてもいい、と笑ったが、由松は真剣な目つきで、

「九郎さん、お茂はどうなったんですか」

「それが、不思議なことがいろいろあって、少し由松さんから教えてもらいたい

ことが生まれてきたんです」

「なんです」

不安そうに由松は九郎を見つめる。

「由松さん、私たちと最初に会ったとき、怪我をしていましたね」

「逃げまわっていたので、誰にやられたかは覚えていません」

「それは不思議ですねぇ。あのとき、侍たちが全員、いや、ひとりをのぞいてみんなが一度、抜刀しました。しかし、そのなかには血脂が浮いている刀はありませんでしたよ」

「しかし」

由松の顔は、どす黒くなっている。

「ひとり抜かずにいた年配の侍がいましたが、おそらく刀は使っていないでしょう。あの物腰《ものごし》からして、簡単に刀を抜いて人を斬るような男ではない」

矢之助も朝吉も九郎はなにがいいたいのか、と目を合わせている。

「まだ、不思議なことがあります。弁慶があなたの傷を手ぬぐいで巻きましたね。そのとき、私は傷口を見ていましたが、あれは、刀傷ではなかったように見えました」

さっと矢之助が由松に寄って肩口を広げると、傷跡が現れた。

「これは、たしかに刀傷には見えねぇ」

そういいながら矢之助は九郎を見る。

「はい、そうなのです、不思議ですよねぇ。由松さん、植木鋏《うえきばさみ》はありますか」

由松は立ちあがろうとする。朝吉が肩をおさえて、植木鋏はどこだと聞いた。目が泳いで一点に集中している。すぐ、その目の先に矢之助が飛びこんだ。そこには、道具箱が転がっている。

矢之助は、蓋《ふた》を開いてなかから植木鋏を取りだした。すぐさま、由松の肩の傷と照合する。

「傷と鋏の刃の形がぴったりだ」

九郎は満足そうにうなずいている。

「これで、ひとつの不思議が解けましたね。こうなると、もうひとつの不思議も解けそうです」

もうひとつとは、と朝吉が問うと、

「肩や胸についていた血です。あれは、斬られた血ではなく、返り血だったと考えたら、得心がいきます」

「返り血、ということは」

「そうです、お茂さんを殺したのは、松風の家臣たちではありません。由松さん、あなたですね」

「な、なにをいうんです、そんな証拠はありません」

「私たちが松風家にもぐりこんだとき、井戸がありました。その井戸は枯れていたのでしょう、蓋がしてありました。でもその蓋が少しずれていたのです」

「それがどうしたというんです」

「井戸のまわりに、砂利が敷き詰められていました。子どもが間違って落ちたら困ると、それを印にしていたのでしょう。私はその砂利を数個拾って投げつけました」

その間に逃げたのだ、と付け加えた。

「由松さん、あなたの草履に砂利がはさまっていましたね」

「う……」

「あれは、井戸のまわりに敷き詰めた砂利と同じでした」

「砂利など、どこにでもあります」

九郎は、懐から紙入れを取りだした。こんなときに小銭でも出すのかと朝吉が見ていると、取りだしたのは小粒ならぬ石粒だった。

「わかりますか、この色。白いですね。あなたの草履から抜いた石ですよ」

つまり、神社などに敷き詰めている白い砂利なのである。白色は光があたると反射する。その光景が、神社を神々《こうごう》しく見せるのだ。井戸のまわりに敷き詰めていたのは、光で注意をうながすためであったのだろう。

草履に石がはさまるためには、かなりの重さが加わらなければいけない、と九郎は説明する。

「たとえば、井戸のなかに人を投げ入れるために、担いだりしなければ」

「証拠はあるのか、証拠は」

顔を真っ赤にしながら由松は叫んだ。

「そうですねぇ、井戸のなかからお茂さんの死体が見つかったら、身体のどこを刺したのかは知りませんが、傷口はその鋏の刃と一致するのではありませんか。お茂さんとは数日会ってないと話していましたが、それは嘘ですね。まさか、さっき会ったばかりで殺してきたとはいえませんせん」

姫に聞いたときに、お茂には会っていないという返答だったから、以前から姿見えなくなっていると私たちは勘違いしただけだ、と九郎は問いつめる。

「植木鋏なんざ、植木屋なら誰でも持っているじゃねぇかい」

「なるほど、道理ですね。でも、松風屋敷に忍びこんだのはあなたひとりです。それでもしらを切るなら、弁慶にちと懲らしめてもらいましょうか」

朝吉が立ちあがり、坊主頭をつるりと撫でて、

「おい、由松。今度は砂利ではなく、でっかい石を抱いてみるかい。ひとつだけとはいわねぇ、二個三個な。それとも、身体を海老《えび》みてぇに曲げてみるか。死んだとしても心配するねぇ。この数珠で引導を渡してやる」

朝吉は、胸にさげた大きな数珠をじゃらじゃら鳴らした。

ううう、と由松は唸《うな》りながら突っ伏した。

結局、由松は自分がやりましたと自白した。

それよると、お茂とは将来を約束したはずだった。ところが、見習いに勧めだしてからつれなくなった。屋敷の誰かとねんごろになってしまった、とお茂は答えた。由松との約束はないものにしたい、と懇願《こんがん》した。

そこで、かっとなって、持っていた植木鋏で首を何度か突いた。

返り血はそのときについたのだろう。空井戸に投げ捨てたあとに、お茂から聞いた名前の若侍も殺そうと探していたところ、見つかって追いかけられたという

のであった。

「昼なら屋敷の者たちも警戒は薄いからと、お茂がいっていたんだ」

だから、あんな刻限に逃げることになったと由松はいう。

朝吉がどうして自分たちに、お茂の姿が消えたという話をしたのだと問うと、

「どうせ、すぐお茂の姿が消えたと騒ぎになる。そんなとき、逃げまわったあっしが疑われるかもしれねぇ、と考えたからです」

先手を打とうとしたというのであるが、それが仇《あだ》となった。

「ふたりの姿を見て、こいつらなら馬鹿っぽそうだから騙《だま》せるとでも思ったか」

朝吉は大きな手で、由松に張り手をお見舞いした。

「馬鹿な野郎だ」

倒れた由松を見ながら、朝吉が吐き捨てると、

「ところで弁慶、頼みがある」

「なんでしょう。九郎さんの頼みならなんでも」

九郎は耳元にささやいた。頼みを聞いた朝吉は目を丸くする。

にやりとしながら、九郎は頼んだぞと頭をさげ、それをお友さんのところに届けてほしい、というのであった。

八

朝吉は数日姿を見せない。九郎の頼み事に勤《いそ》しんでいるのだろうとのんびりしていると、朝吉がやってきて、お友さんにしこたま叱られたと愚痴をこぼす。

「九郎さん、お友さんに伝えてなかったんですか」

「なんとかなると思ったから」

「なりませんでした、といいたいけれど、とにかく頭をさげてお願いしておきましたよ」

「それはすまなかったな、弁慶」

悪びれずに答えた。弁慶とのやりとりは、まさに源氏の御曹司である。

「とにかくあずけておきましたけど、あんなものをどうするんですか」

問いつめる朝吉に、九郎はにやにやするだけであった。

まだ井戸をさらったり、植木鋏を調べたりと、由松の事後処理がありますからといって、あたふたと朝吉は去っていった。

「さて、夜を待つことにいたそう」

ひとりごちた九郎は、その前にお友と会っておいたほうがいいのだろうか、と首を傾げたが、

「まぁ、いいでしょう」

そのまま寝転がると、すぐいびきをかいて眠ってしまったのである。


その夜――。

淑姫は、悶々《もんもん》としていた。幼きころに母の言動がおかしくなり、そのために国元へ行かされたと思ったら、つい最近、戻ってくるようにいわれた。御三卿にゆかりある若さまとの縁談話が持ちあがったらしい。

母の関係かもしれない。

江戸屋敷に入ると、母はどこにもいない。死んだと知らされていたから気にはならなかったが、ある日、奥座敷のほうから嬌声が聞こえてきた。

その声は、幼きころに聞いた母の声であった。

部屋を探すと、なんと座敷牢であった。そこに母は押しこめられていたのである。驚いていると、すぐに父、松風育之介のところへと連れていかれた。

江戸に戻したのは縁談話が持ちあがったからだ、といった。

そして、母が狂った事実を幕府に知られるわけにはいかない、という。狂った原因を調べられたら困る。弟が辻斬りに遭って心が壊れたなど理由にはならぬだろう、というのが父の言い分であった。

その日から淑姫の顔色はすぐれなくなった。

ある日、用人の日向数右衛門《ひゅうがかずえもん》が心配をして部屋に入ってきた。

縁談は断りたい、母があんな処遇を受けているのは忍びない。と訴えた。いつの間にか、自分が狂った姫であるといわれていたことに驚いたとも伝えた。

こんな境遇から逃げだしたい、とも訴えた。

すると、数右衛門は、殿は縁談を進めることで娘が狂ってはないと証明したいのです、といった。

「では、本当に私が狂えばいいのです」

数右衛門は、どういうことかと聞いた。淑姫が狂っていれば、母への疑惑は生まれずに済む。しかも縁談も消える、と淑姫はいうのであった。

「姫、私は姫の味方です、いまの話を目に見える形にいたしましょう」

そしてできあがった策が、九郎をここに呼んで、狂った姫を見せる芝居だったのである。九郎の派手な格好と朝吉のふたり組なら、あっさりと策に乗ってくれるのではないか、と数右衛門は考えたらしい。

しかし、あのみずからを源氏の御曹司と名乗る九郎という男は、見た目とは異なり聡明なように淑姫は感じていた。

「あの者にもう一度、会いたい」

思わずつぶやくと、静かに襖が開いた。

闇のなかに黒い影が浮かんだ。いつぞやと同じ影の形であった。思わず気持ちが高ぶった。

「このまえの盗人ですね。私を狂った姫と知りながら忍びこんできたのですか。目的はなんです」

「姫、あなたは狂ってなどいない。その証に、私がでんぐり返りを望んだら、裾をしごきで縛りましたね。狂っていたら行儀など気にしないでしょう」

「ばれていましたか」

「姫、あなたは逃げたいといってましたね。私が旅の用意をしておきました」

九郎は、お友の店を教える。

「そこに、旅に必要な一式をそろえてあります。それでしばらくは、江戸から離れていたほうがよろしい」

逡巡《しゅんじゅん》している淑姫は、九郎に聞いた。

「わかりました。でも、あなたが落ち着き先に迎えにきてくれるなら」

「わかりました。いつか迎えにいきます。落ち着いたところで文をください」

九郎は行き先を教えた。京ですか、と姫は不思議そうな顔をする。

「そこに連絡はしておきます。信頼の置ける人です」

わかりました、と淑姫は答えたが、女ひとりの旅は恐ろしいから一緒に行ってくれという。

「姫、あなたは小太刀《こだち》でも修練しているのではありませんか。でなければ、あれだけのでんぐり返りはできませんよ。胡麻の蠅程度なら朝飯前でしょう」

淑姫は苦笑しながら、それは残念とつぶやいた。

九郎は懐から小判包を二個取りだし、淑姫に渡した。

「これを使って、いい宿にお泊まりください。では」

さっと九郎の姿は濡れ縁の方向に消えた。

「九郎どの……かならず迎えにきてください」

つぶやきが九郎に聞こえたかどうか、淑姫はため息をつくしかなかった。

翌日の昼前、九郎が遅い朝を送っていると、九郎の名を呼ぶ女の声が聞こえてきた。お友の声である。さっそく来ましたか、と九郎は苦笑する。

それに加えて矢之助の声も混じった。

「あぁ、みな一度に来るとは」

矢之助はともかく、お友につかまったら面倒だ。九郎はすぐさま着替えると、裏庭から外に出た。お友と矢之助、朝吉の三人がそろっている後ろ姿を見ながら逃げようとしたが、朝吉に見つかった。

あっちだ、という声が聞こえた。

逃げてもしかたがないか、と九郎は足を止める。

お友の顔は沸騰《ふっとう》している。

「九郎さん、さっき身分の高そうな女が来ました。何者ですか、あれは。どうして、私にあんな旅一式をあずけたのです」

「申しわけない。ほかに信用できる人がいなかったものですから」

お友はきちんと説明してください、と迫ってくる。

「はい、そのうちかならず話しますから、いまはご勘弁を。相手方にも迷惑がかかるといけないない」

「私への迷惑はどうしてくれるのです」

「お友さんは、お優しい人ですから甘えました。申しわけない」

ていねいに頭をさげられて、お友は声を失っている。ここだとばかりに、矢之助が九郎の袖をつかんで、

「九郎さん、とんでもないことが起きました」

「なんです」

「なんと高柳が私に礼をいったのです。いままで申しわけなかった、ともいいました。私はびっくりしました。松風家の件で、いろんな探索を手伝ってくれたという話を知ったからです」

なんと、お奉行からお褒めの言葉もいただいた、と高柳は嬉しそうに矢之助に伝えたらしい。

「驚いたことに、感謝いたすと頭をさげられましたよ」

「そうでしょう。いつか感謝しますと矢之助親分にもいいましたね」

親分ではない、と矢之助も今回はいわない。

お友は仏頂面《ぶっちょうづら》をしているが、矢之助は晴れやかな顔を見せ、朝吉も嬉しそうである。

「お茂殺しをあざやかに解いたと、矢之助の旦那もお奉行だけではなく、筆頭与力からも褒められていましたよ。たしかに感謝ですねぇ」

「そういえば、小者に聞いたのですが、朝方、松風家がなにやら騒然としていたらしいです」

矢之助はそう付け足してから、かすかに眉をひそめると、

「狂女の件はうやむやです。それよりお茂殺しに対して協力してくれたと、奉行は頭をさげたらしいです」

「武家とは、そんなあやふやでいいかげんなものなんですよ。臭いものには蓋をする。都合の悪い子どもは家臣にさげ渡して知らぬふりをする。嫌なやつらが集まっているのです」

「おや、九郎さんは武士でしょう」

お友が驚き顔で問う。

「私は、武士ではありますが、半分は公家に足を突っこんでいますからね」

わははは、と大笑いする色白で小柄な身体が、どこから流れてきたのか季節には早い桜の花びらに包まれた。

その一幅《いっぷく》の絵のような姿を、菅笠《すげがさ》を被り手甲脚絆《てっこうきゃはん》、白足袋に草履。杖《つえ》を持った

女がじっと見つめていた。

第四話　九郎の光

一

松風家の一件が落ち着いて、朝吉も矢之助も一段落がついたのか、数日顔を見せなかった。

高柳格之進とうまくやっているのだろうか、と九郎は思案しながら庭に出た。

枯山水《かれさんすい》もなければ風流な池もない。石を敷き詰めた水の流れを模した場所もない。須田町の通りに面した場所を垣根で囲ってあるだけで、なんの風情もない庭である。

淑姫からは無事、京に着いたと文が来ていた。

江戸は春らしい陽気の日が続いている。桜は満開であった。

九郎を訪れるのはお園と朝吉のふたりだが、今日は珍《めずら》しい人物が訪ねていた。

苦虫を嚙み締めたような顔をしながら、九郎を見つめているのは、竹藤家の江戸筆頭家老、片山勘解由である。

中庭を見ながら、勘解由はため息をつく。

「なんとも殺風景な庭でございますな」

たしかに、枝ぶりのよい木が植えられているわけでもなければ、枯山水風の造作がされているわけでもない。

「なに、別段、そのような景色など必要ではない」

「しかし、目の保養というものがありますぞ。人は美しいものを見ないと、心が荒《すさ》ぶものですからなぁ」

「ほう、勘解由にしては風流なことを」

「私は風流を愛します」

「それはそれは」

お園は、別室からふたりの様子をうかがっている。

「なんだい、あの偉そうな老人は。それに、九郎さんのあの態度は、まるで殿さま、いや、若さまみたいじゃないか」

不思議な光景に、お園は部屋の掃除も忘れている。

ふたりは、そんなお園の思惑など気にせずに会話を進める。

「どうでございますか、江戸の暮らしは」

「まぁまぁであるなぁ」

「ほう、まぁまぁとは」

「まぁまぁは、まぁまぁであるよ。普通であるということだ」

「しかし、漏れ聞くところによると弁慶なる岡っ引を従えて、摩訶不思議な探索にうつつを抜かしていると聞き及びましたが」

「うつつを抜かしているとは聞き捨てならぬな」

「では、暇《ひま》なのですな」

「まぁ、暇ではあるが、それより勘解由、訪ねてきた目的はなんだ」

「ご尊顔を拝しに」

「ごまかすな」

「これは異なことを」

「江戸屋敷か国元で、なにか不都合なことでも起きたのか」

勘解由は答えない。じっと九郎の顔を見つめている。

「なるほど、そういうことか」

しばらく相手の目を見つめていたが、得心した表情で九郎は苦笑する。

「おや、私はなにもいうていませんが」

「鞍馬山で天狗に習ったのは、五条大橋の欄干を飛びまわったり、八艘《はっそう》の船を飛び移るような飛び切りの術だけではない。当然、天狗流の剣術も習うたし、それにな」

悪戯小僧のような目つきをしながら、九郎はいった。

「千里眼《せんりがん》も習った」

「それは重畳《ちょうじょう》。では、今後の竹藤家について、どのような見立てができますか。それをお聞きしたい」

「ふむ、しばし待たれよ」

目を閉じると、九郎はすーはーすーはーと息を吐いたり吸ったりしていたが、

「見えたぞ」

「ほう、見えましたか」

「ふむ、見えた」

「なにが見えましたかな、お聞きいたしましょう」

「私の命が狙われておる、と出た。それだけではない、なんと藤千代まで狙われ

そうである」

「なんと、若君の命が」

唸《うな》り声をあげながら、勘解由は静かに語りだした。

「じつは、若君がご病気になられてから、江戸屋敷がなにやらおかしなことになりはじめたのです」

「おかしなこととは」

「藤千代君がお亡くなりになったときには、跡継ぎを探さねばなりません」

「なるほど」

「まぁ、そこに九郎どのが現れたのは、なにかの悪戯であったのかもしれませんが」

「なぜ、悪戯なのだ」

「いや、それについてはまた後日ということにいたしましょう。いま、目の前にある問題は、藤千代君がご病弱となれば、別に跡継ぎを立てたほうがよいのではないか、と考える一派が少なからずいるようなのです」

「ほうほう、つまりは藤千代の病気から、いままで身をひそめていた連中が頭をもたげだした、というわけだな」

「まぁ、そういうことになりますか」

「そやつらにとっては、藤千代の病はもっけの幸いとなったわけか」

「たしかに、こちらとしてはとんでもない話ではあります」

藤千代の病は、一時は死をも覚悟するほどのものであったが、しばらくすると、奇跡的に快癒した。

「熱の原因はなんだったのだ」

「さぁ、それについては、医師の芳斉は口をつぐんでおります」

「医師でもわからぬ奇病であったのか」

「そうかもしれませぬ」

答えた勘解由は、再発せねばよいがとつぶやいた。

「そういえば清盛も、水を熱湯に変えるほどの熱を出したという奇病であったかららな。それと同じような病かもしれぬ」

「ははぁ」

「勘解由、藤千代に廃嫡《はいちゃく》を迫る一派を教えよ」

「九郎どのが、そやつらをやっつけると」

「それはわからぬ。まずは話を聞いてからだ」

「では」

勘解由は、身を正してから語りだした。

別室で聞き耳を立てていたお園は、肩を叩かれてひっくり返る。

「なにをしているんです」

坊主頭の朝吉である。

「し。いまおかしなお侍が、九郎さんのところに来ているんです」

「それで聞き耳を立てていたのか」

あまりいい格好ではねぇなぁ、と朝吉はお園を見つめるが、

「そんなことをいったって、あの九郎という人はどこの誰かわからないんでしょう」

源氏九郎義経などといい張ってるから、頭がおかしい男だとお園は思いこんでいる。それでも世話を請け負ったのは、給金がもらえるからだ。

しばらく働いてみて感じたことは、九郎は名前こそおかしないいかたをしているが、そこ以外はいたって普通だという事実であった。

使用人であるお園に対しても、居丈高《いたけだか》になるようなことはないし、むしろ、こ

ちらのほうが怒り狂って頭をさげさせるような場合もしばしばである。

「あのかたは、本当に義経さまかもしれませんよ」

そんなことまで思ってしまうのだ、とお園は朝吉に語った。

「はは。お園さんも、あの人の光背《こうはい》の威力を浴びましたね」

「光背とはなんです」

「仏像の背中にある光った扇《おうぎ》の親分みたいな形が、後光を差しているでしょう」

あぁ、とお園は納得の表情をする。

「あれを光背というんですけどね、九郎さんにはなぜかその光背が存在している。それも、かなり大きくて光も遠くまで届く光背です」

九郎贔屓《びいき》の朝吉の言葉は、お園の見方に変化を与えたようだ。

「そうだねぇ。いわれてみたら、あの人はそのへんにいる唐変木《とうへんぼく》とは違うような気がしてきたよ」

「唐変木とは誰のことです」

「朝吉親分のことではありませんから、ご心配なく」

と、勘解由が部屋から出てきた。九郎の前にいるときも仏頂面だったり、苦虫を噛み締め続けているような渋い表情である。そんな顔が通りすぎていったから、お園の毒舌が炸裂《さくれつ》した。

「なんだい、あれは、ああいうのを唐変木というんだよ。ひとことくらい挨拶をしていったって罰は当たらないだろうに」

朝吉は笑いながら、そうかもしれねぇ、と答えた。

九郎の部屋に行くと、珍しく腕を組んで思案風である。なんとなく頬《ほお》のあたりも硬く見受けられた。

「九郎さん、どうしたんです」

「あぁ、弁慶か」

「いまの侍が、なにか難しい話でも持ちこんできましたかい」

「いや、そうではないのだが」

「そうではない、という顔つきではありません」

「そうかな。では、そうなのかもしれぬなぁ」

「相変わらず、のらりくらりですが。問題が起きたなら聞きましょう」

「それは、ありがたい申し出だが。ちと、わけありでなぁ」

「それは、京に関する揉《も》め事ですか」

「うむ、そうではないのだが」

「いや、九郎さんが困っているなら、なんとか助けたいと思っているので、出すぎたことをいいました」

「弁慶」

「はい」

「おまえはよき家来だ」

「ありがとうございます」

「そのときが来たら、かならず手伝ってもらう。死をも覚悟しようというおまえの気持ちは、しっかり感じておる。ありがたいと思っておる。このとおりだ」

頭をさげる九郎に、朝吉は思わず飛びついて、

「九郎さん、そんなことはやめてください。あっしは九郎さんが好きなんです。その好きなおかたが唸《うな》っている姿を、腕をこまねいて見ているわけにはいかねぇ、ただそれだけの気持ちですから」

「ますますありがたい」

「やめてくださいよ、本当に」

涙を流しそうになる朝吉の手を握り、九郎はいった。

「弁慶、おまえには、この世でもあの世でも世話になるらしい」

「へぇ、あっしはどこまでもお供します」

がたん、と音がした。

お園が聞き耳を立てていたらしい。

ふたりは、にやりとしながら手を握《にぎ》ったままであった。

二

江戸の花見といえば上野のお山。墨堤《ぼくてい》、あるいは飛鳥山《あすかやま》などが知られる。だが、上野のお山はすぐそばに寛永寺があるために、あまり派手《はで》な騒ぎはできず、庶民からは敬遠されていた。

歩く人のなかには、提《さ》げ重《じゅう》を持って浮かれている人たちもいるようだが、九郎は己が花見か盆踊りのような格好をしつつも、柳原土手《やなぎはらどて》から八辻《やつじ》ヶ原《はら》を抜けて、和泉橋《いずみばし》を渡ろうとしていた。

「む、つけられている」

九郎は、自分と同じ方向へと向かう足音を聞いていた。それも、数人いるようである。

その足音が、九郎と同じ調子でひとつにそろっているのだ。以前は、ひょっとこと狐であったが、今回は誰なのだ。それらしき相手が浮かんでこず、首をひねっていたが、

「待てよ」

ふと足を止めると、後ろの足音も止まった。やはり、つけられているのは間違いない。

「ひょっとして」

ある思いが浮かんできたが、その顔ははっきりしない。

だいいち、会ったこともなければ見たこともない。

苦笑しながら九郎は、やつらをどこに誘いこもうかと周囲を見まわした。遠くに見える火《ひ》の見櫓《みやぐら》は初音《はつね》の馬場《ばば》だろう。

そこまで行くのは面倒だ。それに、馬場の周辺は人通りも多い。

敵の正体をつかむためには、やつらと会話を交わしたほうがいい。だが、それだけで終わるとは思えない。

やつらの足音には、殺気も混じっている。誰かわからぬ連中に命を狙われる覚えはない。いや、勘解由の言葉から、藤千代さえ狙われ、九郎の命を狙う一派が

いるという。

それだけに相手を確かめる必要があるだろう。今回逃げたとしても、次があるかもしれない。

人違いかとも考えたが、色とりどりの柄のついた派手な格好をして、刀を担いで歩くような相手を間違うとは思えない。

九郎は和泉橋を渡らずに、土手をおりた。神社が見えている。柳森稲荷《やなぎもりいなり》だ。

そこへおびきだすつもりだった。

河川敷にあるため、足場はよくない。ときにはごろごろした石に足を取られながら、九郎は慎重に進んだ。

柳森稲荷の境内《けいだい》は、それほど広くはない。

なかに入ろうか、それとも河原敷で待ち受けようか思案する。

「なかは、せまいな」

逃げるときが面倒だと考え、河原で草履の鼻緒《はなお》が切れたような素振りをして、しゃがみこんだ。

尾行してきた連中が、ここぞとばかりに足音を立てて迫《せま》ってきた。

すぐさま立ちあがった九郎は、

「なにか用ですか」

担いでいた刀をさっと腰に差した。その姿があまりにもすばやかったからか、寄ってきた連中は足を止める。

「源氏九郎義経どのとお見受けする」

先頭にいた男が尋ねた。

顔を隠しているわけではない。人を殺そうとしているのに顔を隠さないのは、確実に斬り殺そうとする意識を感じた。つまり逃さないということだ。

江戸者にしては、全員顔色が白く感じられた。

「ほう、みなさん、北国から最近江戸に出てきたようですねぇ」

余裕のある九郎の態度に、先頭の男は眉をひそめた。

「そんなことはどうでもいいでしょう」

「いや、よくはありませんね。色白がそろっているというのは、私には意味があります。正体がわかりましたから」

「申しわけないが、死んでいただきたい」

「それは嫌です」

「そういわれても、こちらとしては命をいただきにまいったのですから」

「まぁ、最初につけてきた理由を語ってくれたのは、礼儀正しい刺客たちだと褒めておきましょう」

そこで、会話は途切れた。

眼前にいる敵は、三人だった。

舐められたな、と九郎はつぶやきながら腰に差した刀を抜いた。

ぎらりと陽光に切っ先が反射する。

敵はいっせいに抜刀して、九郎のまわりを囲もうとする。

こんなときは、いちばん弱そうなところから崩《くず》す。常套手段《じょうとうしゅだん》だ。

九郎は、三人の構えを推し量《はか》った。

右側にまわった男がいちばん、剣先に鋭さが少ないと感じた。

「なるほど、その剣術は、どうやらある国元にいる人たちが使っている剣法ですね」

動揺を誘おうとしたのだが、みな微動だにしない。眉がわずかに動いた男が、右側だった。

「あまり、いろんな話をしたくはないようですねぇ」

無駄話をするようなふりをして九郎は、じりじりと身体を右側に寄せていく。

気がついたのか、右の男は左足を引こうとした。

その瞬間であった。九郎の身体が八艘飛びのごとく跳ねた。

抜いた刀を峰《みね》に返し、上段からさげた。

う。

右敵が肩を押さえて倒れた。すぐさま、九郎はその男の前に進み、身体を後ろから羽交《はが》い締めにすると、

「みなさん、動かないでくださいね。動くと、このかたの首が折れますよ」

先頭の敵が左に向けて、動くなと指示をした。

「三人では少なかったですねぇ」

笑いながら九郎は揶揄《やゆ》する。

「そうかもしれぬな。それほどの腕を持っているとは知らなかった」

先頭が苦笑している。

「どうやら、ここのところは諦《あきら》めたほうがよさそうだ」

「おや、あなたたちの顔は覚えましたよ」

「いずれ再開するときがあるやもしれぬな」

「なるほど、初めからそのあたりは織りこみ済みということですか。となると、

それほど私の命は重要ではない。もっと大事な命を狙っている、という話になるのでしょうか」

「九郎とやら」

「なんでしょう」

「首は突っこまぬほうがよろしい」

「はて、なんに対してのご忠告ですか」

「ご自分の胸に手をあてて、お考えいただきたい」

「私はつい最近、雪山から十年の年月を経て、ようやくこの世に出てきたような男です。雪に埋もれて頭がいかれてしまったようですから、難しい話はされても思案の外です」

　男は苦笑いをしただけで言葉は返さなかった。

「その男はご勝手にしていただいてけっこう」

そういって踵《きびす》を返すと、左の男に帰るぞと伝えた。

九郎の手のなかで男の身体が動いた。

「おっと、だめですねぇ。動いたら手が締まりますよ」

男は、ぐぅといって気を失った。

「ほらほら、だからいったことではない」

呆《あき》れた顔をしながら、九郎は倒れた男を抱きかかえようとして、顔をあげた。

そこには、大入道が立っていた。

「弁慶、いいところに来ました。こやつを抱《かか》えてついてまいれ」

「誰なんです、あいつらは」

「さぁな。そんなことは気にするな。気絶しているから、ちと重いかもしれぬが、頼む」

九郎の弁慶に対する言葉遣いが変化していると、朝吉は感じている。どうも、厄介な出来事に遭遇したらしい。そのために言葉遣いも変わったのだろう、と朝吉は推量する。

弁慶は、軽々と気を失った男を抱えると、

「どちらに行きますか」

片手で男を担ぎながら聞いた。片手に刺股。片手に担いだ男。じつに珍妙なる姿である。男が一度目を覚ましそうになったとき、朝吉は担いでいた手のほうで、どんと背中を叩いた。

男はまたしても唸《うな》りながら気を失ったのである。

九郎と、男を担いだ朝吉のふたりは、日暮らしの里を歩いている。まだ、刻限は午の下刻である。美しいといわれる夕景には早い。

「この先は道灌山ですが」

広大な佐竹屋敷が見えている。朝吉はその先には、たしか、といいそうになって得心した。

九郎が借りた住まいの大家は、下駄屋の主人忠右衛門だ。忠右衛門が九郎を頼まれたのは、竹藤家の家老からではないか、という噂を矢之助から聞いていた。下駄屋には、竹藤家の侍が出入りしていたからであった。

やはり、と朝吉はうなずきながら、

「この先には佐竹家の親類、竹藤屋敷がありますが、行き先はそこですね」

九郎の返事はなかった。図星なのだろう。

「噂どおり、九郎さんは……」

「そこまで。詮索《せんさく》は無用である」

「あ、またもや出すぎました」

朝吉は一歩後ろにさがった。

別段、怒っている様子ではないが、九郎としては自分の秘密をあからさまにされるのは困るのであろう。とはいえ、このまま竹藤家に行けば、まわりの態度から九郎と竹藤家のかかわりは朝吉にも明確になるはずである。

自分が一緒に行っても問題はないのだろうか、と朝吉は不安になった。九郎さん、と声をかけた途端、

「かまわない。一緒に行ってもいいかと聞きたかったのであろう」

「へぇ」

この人は千里眼かと朝吉は舌を巻く。お園に伝えた光の後背はたしかなものとして、朝吉の心のなかには存在している。その力が、ますます強く感じられたのである。

「ところで、弁慶」

「はい」

「行き先は、たしかに竹藤屋敷だ。だが、そこで見たこと感じたこと、すべては幻である」

「はて、すべてが幻なのですか」

「見たことやったことはすべて、一瞬のうちに忘れてしまう。そういう意味だと

思ってほしい」

「はい。わかりました。私、一度は御仏《みほとけ》に帰依《きえ》した身です。九郎さんの言葉は私にとっては菩薩《ぼさつ》さま、如来《にょらい》さま、明王《みょうおう》さまたちの言葉も同然。しっかりといまの言葉、心に留めておきます」

頼む、と九郎は足を止めて、小柄な身体を前に倒した。

やめてください、と朝吉はあわてる。思わず担いだ男を取り落としそうになり、おっとといいながら、ふたたび担ぎあげるのだった。

三

竹藤の屋敷内は騒然となった。

九郎が海坊主のような男と一緒に戻ってきたからである。なかには、若さまが戻ってきた、いや、若さまではない、御曹司といわねば叱られる、いや、敵が襲ってきた、など、廊下はバタバタ走りまわる家来や腰元たちであふれている。

そんななか、九郎と朝吉は色白の男を担いだまま、悠然と進んでいく。

あわてふためいている者たちのなか、しずしずと近づいてきたのは、片山勘解由であった。

「九郎どの、ごきげんよう。珍しい土産を連れてきましたな」

「突然の訪問ですまぬな」

「いえいえ、じつは、お待ちしておりました」

「待っていたと」

「そろそろおいでになるころかと思っておりましたゆえ」

「なぜそう思った」

「内緒でございます」

食えぬ男だ、と九郎は苦笑する。

勘解由は知らんふりをしながら、

「まわりがうるそうございます。まずはこちらへ」

廊下を、以前連れていかれた奥座敷があるほうへと歩きだした。

九郎と朝吉がついていく。朝吉が男を担いでいるのに、それについてはまったく気にしていないらしい。

質問をしようともする気もなかったらしい。

「九郎さん」

「わかっておる。気にするな。あのすっとぼけはいつものことだ」

はい、と朝吉は素直に返事をした。

さすがに、大名家の屋敷内に入っているためか、大きな身体はかすかに縮《ちぢ》まっているように見える。といっても、気持ちまで小さくなっているわけではない。

屋敷の天井が高いだけだ。

海坊主が男と刺股を抱えて進んでいく、そのさまを見た腰元たちは、驚いて逃げる者、足がすくんで止まる者がいるかと思えば、男らしい人と喜ぶ女もいる。

「弁慶、どうやら好かれているようだぞ」

「へへへ、じつは私はもてるのです」

「そうであろうなぁ」

九郎は笑いながら応じた。

へへへ、とまた朝吉はうっとり眺《なが》める女に向けて、流し目などを送っている。

座敷に入ると同時に、朝吉は男をどんと投げだした。呻《うめ》きながら男は目を開くと、

「あ、御家老」

座り直そうとしたが、目が眩《くら》んだかよれよれする。

「勘解由を知っておるらしい」

男は、はっとして九郎を見つめる。自分がどこにいるのか、気がついたのだ。

「これは、な、なんと」

男はいきなり脇差《わきざし》を抜き、腹に突き刺そうとした。朝吉がそれを見て刺股を伸ばし、脇差を叩き落とした。

勘解由は、その流れを見てにやりとする。

「弁慶とやら、ご苦労」

「へ、へぇ、いや、はい」

きちんと正座しながら刺股を立てて持ち、かしこまっている朝吉を見て、九郎はにやにやしながら、倒れこんでいる男を見た。

「勘解由、この者を知っておるか」

「もちろんでございます」

知っているといいながら、名前など素性はいわない。問われたら、また内緒とでも答えるつもりかもしれないと思ったが、

「どこの誰なのだ」

それは、と勘解由は口を淀《よど》ませて朝吉に視線を送る。

「弁慶なら心配はいらぬ。ここで見たこと起きたことは、外に出た瞬間に忘れる術をかけた」

疑わしそうな目つきをする勘解由だったが、

「この者は、国家老、林葉元太夫の家来ですな」

「そうであったか」

「九郎どのは、元太夫をご存じか」

「いや、知りませんよ。知るわけがありません」

「そうでしょうなぁ。なにしろ雪山に十年、埋まっていたのですから」

皮肉な目つきをしながら勘解由はいった。

「勘解由、おぬしは嫌われているであろうなぁ」

「そうでもありませんぞ」

にんまりとしたその顔は、やはり食えない。

「ところで、どうして国家老付きの家臣が、江戸表に来ているのだ。定府《じょうふ》とも思えぬ、勤番《きんばん》にも見えぬ」

「さて、問題はそこです」

かすかに頬を歪ませて勘解由は続ける。

「林葉は、少々頭が悪いのでしょうなぁ。少しばかりの野望を持ったように見受けられておりました」

「野望とは」

「林葉は、いまの殿とは乳母兄弟です。それを買われて、国家老という地位を得たと思えるのですが」

「なにかおかしなところでもあるのか」

「国元生活ばかりで江戸暮らしを知りません。いや、殿さまと一緒に育ったころは、江戸暮らしではありましたが」

成長してからは、出羽守とは離れて国元から出たことがない、というのである。

「そのために、視野がせまくなったのでしょう」

「結論を聞きたいのだ。野望とはなんだ」

「おそらく」

「なんだ」

「九郎さまの命を亡きものにすることではないかと」

「どうして私の命を狙うのだ。それに、私を亡きものにする話が、どうして野望につながる」

「それは」

「なんだ」

「これから調べます」

後ろで、朝吉の刺股が倒れそうな音を立てた。

勘解由の顔を見ると、冗談をいってる様子はなさそうである。

「そもそも、その元太夫が野望を抱いたとは、どこからの噂なのだ」

「国元です」

海からは海産物、山からは木材、さらに田からは米。領地は肥えている。それだけに石高は見た目よりも多いといわれている。竹藤家一万五千石といわれているが、実質は三万石、いやそれ以上もあるのではないか、とさえ目《もく》されているのだ。

そこまでの実績を積み重ねるには、国家老となった林葉元太夫の力が大きい。元太夫は新田を開発させ、海山の幸を奨励した。そのおかげで、竹藤家は豊かな国を持つことができている。

それにしては、出羽守による国元に対する処遇は冷たい、というのがもっぱらの噂であった。

江戸藩邸は金がかかる。

たまには、幕閣に対して賄賂《わいろ》を送らねばならない。幕府の方針を先取りして、たとえば江戸城の改築やら、日光代参《にっこうだいさん》における奉行や公家饗応の役目など、面倒な仕事から逃れるために、各藩ともやっきになっているのだ。

幕閣の中枢に入りこむには、老中を筆頭に、奉行や力を持つ側用人《そばようにん》などへの付け届けは欠かせなくなっているといわれていた。

「それらの付け届け用の金子を、出羽守は国元から徴収しておる、というのか」

「勘定方が、そういう計算はうまくやっていると思われます」

「しかし、領地からの収入がなければ、江戸はなにもできぬではないか」

「そこです」

江戸にどんどん金子が流れ、国元ではそれが不満のもとになっているらしい、と勘解由はいうのであった。

四

「話はわかった。しかし、野望とはつながらぬ」

九郎は勘解由を見つめる。

「急に聞かれても」

「馬鹿をいえ、野望の話はおぬしがいいだしたことではないか」

勘解由は、そうでしたかなぁと、とぼけていたが、

「ひとつ、危惧があるとしたら藤千代君に対する態度でしょうか」

「どんな態度を取っているというのだ」

「それより、肥前国忠吉はお持ちですかな」

「探りを入れようとしても無駄だ。そんな刀は持っておらぬ」

「しかし、なにやら不思議な脇差をお持ちだったとうかがっておりますが」

「そうであったかな」

朝吉はふたりとも狸《たぬき》と狐の化かしあいでもやっているかと、首をひねる。肥前国忠吉は名の知れた刀工であることは、朝吉も知っている。

そのような名刀を九郎が持っているとは聞いたことがない。なんの話をしているのか、と先を聞くことにした。

勘解由は、疑い深そうに九郎を見つめている。

「脇差の家紋らしき場所が、削られておったとか」

「さぁ、私はそんな真似をしたことはない」

「そうですか」

「話を変えたな」

「いえ、変えてはおりません」

そこまで勘解由はいうと、ちらりと朝吉のほうを向いたが、

「九郎どのが竹藤家の若君であるかどうか、そこを確かめねば、この先は話ができませんゆえ」

朝吉はのけぞりそうになる。

九郎が竹藤家の若さまとは。まさかと思うが、いわれてみたら九郎が醸《かも》しだす威厳や、朝吉が感じている鋭く光る後背などを考えると、まったくのでたらめではないかもしれない、と感じる。

勘解由としても、九郎が若さまであれば喜ばしいのだ。

藤千代君があのような突発的な病に冒され、医師にまで見放される事態が、いつ再発しないともかぎらない。

そんなとき、もしものときに九郎が、出羽守とお文との間にできた子だとはっきりしていたら、後継者に困らずに済む。

「勘解由、なにをそんな難しい顔をしておる」

「生まれつきでございます」

「違うな。赤子が生まれつきそのような仏頂面をしているところなど、見たことはない」

「そうでございますか。それは重畳」

「まったく食えぬ男だ」

「その言葉はそっくりお返しいたしましょう」

朝吉は、どちらが狸でどっちが狐だ、ともう一度考えてしまう。

それにしても、九郎は本当に竹藤家の若君なのだろうか。源氏九郎義経ではないのか。

「まぁ、いいか」

つい言葉に出てしまった。

しまった、と思ったが、ふたりとも気にしていないようである。狸や狐は、他人のひとりごとなど気にしないらしい。

「ところで、勘解由。そこで倒れている男はいかがする」

朝吉の刺股によって、男は気絶したままである。

「そうですなぁ」

「磔《はりつけ》にするというのはどうだ」

「はて、磔とは」

「文字どおり、磔である」

九郎はにやりとした。

その目は、いかにも悪戯《いたずら》好きな光を帯びている。朝吉は、その目を見て感じ取った。なにか策を弄《ろう》するつもりに違いない。

「磔にいたしましょう」

立てていた刺股を、とんと畳に打ちつけた。

「おや、朝吉、いや弁慶は、磔にする意味に気がついたのか」

勘解由が目を向けた。

「九郎どのの案です。私は黙ってそれに従うだけです」

「なるほど、弁慶としてはそうなるのであろうか」

ぐふふふ、と勘解由は気持ちの悪い笑い声を出した。


それから二日後。

竹藤江戸屋敷の中庭には、簡易的な刑場が生まれていた。

黒と白の暗幕をまわりに張りめぐらせ、庭の中心には十字形の磔柱が立っている。

その下には、折れ曲がった木の枝や焚き火用の木々が積まれている。

勘解由から話を聞いた出羽守が、その前面に座っている。となりには藤千代も、本当に病だったかという顔つきで床几《しょうぎ》に座っていた。

最初、出羽守が勘解由から九郎が捕まえた男を磔にすると聞いたときには、当然反対をした。しかし、これは敵を炙《あぶ》りだす計略だと聞いて、実行することにしたのであった。

「そんな危険な策を、九郎が考えだしたというのか」

「自分の命を狙った者たちは、一度で諦めるはずがない、と九郎どのは申しました」

「九郎はお文の、いや、わしの子なのか。どうなのだ」

「わかりません、でも、やがてはっきりすることでしょう」

「勘解由、おまえは楽天家であるな」

「そんなことより、まずは藤千代さまのお命を狙う者たちがいるかどうか、この礫によって見えてきます」

「なぜだ」

「九郎殿がいうには、国元で怪しい動きがあるとしたなら、それは後継者選びであろうと。まぁ、私もそう睨んでいましたから、そのあたりの意見は一致しております」

「それと藤千代の命と、どうかかわりがある」

「藤千代さまは、原因不明の熱病に冒されました。いつまた再発するかわからぬ病を持っている若君を後継者とするのは危険だと、反対の一派がいると考えられます」

それは、藤千代の病が死にいたるほどの重病だと国元に喧伝《けんでん》されて、そこから国元にいる国家老、林葉元太夫の動きが怪しくなっているところからも感じられることであった。

「林葉が、謀反でも起こすつもりなのか」

信じられぬと出羽守はいう。

「この世の中、なにが起きるかわかりません」

現に、雪山に十年眠っていた源氏九郎義経の例もある、と勘解由は真面目な顔で答えた。

「しかし、不思議ですな。このような若君の病は、できればあまり世間に知られたくはない。それを国元では、すぐに知ることとなりました」

「それは当然であろう。同じ竹藤家だ。江戸勤番からの連絡がすぐ届けられたのではないのか」

「それにしても、早すぎる。そんな気がいたます」

「なにがいいたい」

「いや、べつに。ただ不思議であると感じただけでございます」

勘解由は含みをもったいいかたをしていたが、すぐ表情を変えて、

「とにかく、磔を実行いたしますので、ご許可を」

わかった、と出羽守はうなずき。くれぐれも藤千代の命を危険にさらすな、といい添えたのである。

五

こんな幼き藤千代に磔を見せるわけにはいかぬ、という出羽守の言葉を遮《さえぎ》って、九郎が無理やり座らせたのである。

「名君となるためには、幼きころからの経験が大事です」

「そうか」

「誰かみたいに、乱暴者であればいいというものではありません」

「なんじゃ、それは」

「父の跡を継いで領主になるための修行と伝えなければいけません」

その言葉に、しぶしぶ出羽守も首肯したのだが、できればこんな悲惨な光景を見せたくはない、と思うのは、父としては当然のことかもしれない。

朝吉が似てるとつぶやいたのは、出羽守、藤千代と並んで座っているとなりに

磔柱の正面には出羽守。そのとなりに藤千代が座っている。

思わず朝吉はつぶやいた。

「似てる」

立つ九郎の表情を見ていたからだった。

当然のごとく、出羽守や藤千代のまわりには警護の者たちが囲むように並んでいるのだが、そのなかで異彩を放っているのが九郎である。

警護の者たちは、みな白襷《しろだすき》をかけてなにか起きたらすぐにでも自分が先頭に立とうという顔つきである。しかし、九郎だけはいつものごとく、派手な柄の着物を着て、

「さぁ、みんな楽しめよ」

などといい放っている。

家来たちは、どうしてあんなやつが出羽守や藤千代のそばにいるのか、と怪訝《けげん》な顔をする。

身分違いではないのかと憤《いきどお》っている家来たちもいるようである。

そんな連中の思惑などまったく意に介せず、九郎は先頭に立って磔を進めようとしていた。

「この者が磔奉行である」

と出羽守が家臣に宣言していたから、不服をいいたくても表立って文句をいう者はいない。その凛々《りり》しい奉行姿に、朝吉は感心しているのである。

そして、似ているというつぶやきが出てしまった。

似ていたのは、出羽守、藤千代、そして九郎。三人の面立ちである。

「まるで親子のような」

朝吉は心のうちでつぶやいている。

やはり、九郎は竹藤家の若君なのかもしれない。

正直な話、源氏の御曹司、源氏九郎義経その人だとは思ったことはない。

本人がそう思いこんでいるだけだろう、と見ていたのだが、そのうち、本当に義経なのかもしれないと感じはじめ、近頃では本物の義経に仕えているような気になっていた。

己も本当の弁慶ではないか、とすら感じはじめている。

奉行として采配《さいはい》を振るう九郎の姿を見て、あの光背の輝きには竹藤とのかかわりがあり、若さまではないかという裏があったのかと、朝吉は納得する。

しかし、江戸家老との会話のなかで、自分は竹藤とはかかわりはない、と否定していた。そこになにか、秘密が隠されているのだろう。

雪山に十年眠っていたとの話は、秘密の側面を表しているのではないか。

謎多き九郎だが、朝吉にとってはどうでもいい、源氏九郎義経であれば、それだけでいいのである。

おれは弁慶。

それ以外の物語はいらない。

やがて、九郎が捕まえた男が引きだされてきた。

男は、白い顔色がさらに真っ白になっている。当然、自分はここで磔に処されると感じていることだろう。

まさか、逆臣たちを炙りだそうとする仕掛けとは思っていない。

十字形の柱や、その下に積まれた薪《まき》などを見て男は、さらに顔を白から青く変化させ、腰を引いた。

男を引いていた役人が、腰の紐《ひも》を引っ張って立ち直させている。

九郎が前に出てきて、男の正面に立った。

朝吉がいる場所は、磔の場所からは少し離れている。そのためにどんな会話を交わしているのかわからないが、男の顔は一瞬、喜びに変わった。助ける手段の話でもしているのかもしれない。

仲間の名前をいえとでも、問うているのかもしれない。

だが、すぐ男の表情はもとに戻った。首を左右に振っているところをみると、に眺めている。

やはり仲間を売ることはできないとでも考え直したのだろう。

九郎は、うなずいてからその場を離れていく。その後ろ姿を、男は恨めしそう

「そこの者、名を名乗れ」

少し戻ってこちらを見た九郎は、大きな声を出した。

「これから磔を実行する。名前くらいは聞いておいてやろう」

小柄な身体のどこからそんな大きな声が出るのか、と思えるほどの音量だった。

もし、朝吉が問うたら、鞍馬の山で修行したからだとでも返ってくることだろう。

再度、男は名乗るように役人にうながされて、新井《あらい》長太郎《ちょうたろう》と名乗った。

「新井長太郎、九郎どのの命を狙いしかどで、磔の刑に処す」

普通に聞いていたら不思議な話である。

そもそも、九郎は竹藤家にはかかわりがないはずだ。そんな人の命を狙ったからといって、磔になるような筋合いはないのではないか。

朝吉ならこんな処遇はおかしいと暴れるだろうが、誰ひとりとして不服を訴えそうな雰囲気はない。

新井長太郎の仲間が出てくるのではないか、と思っていたのだが、その様子も

見えない。

まさかこのまま磔が決行されるのだろうか、と朝吉は不安になる。

九郎の予測では、このあたりで逆臣たちが現れるはずではなかったか。

しかし、刑場はしんとしていて、誰ひとりとして立ちあがる者もいない。

このままでは、策が失敗に終わってしまうかもしれない、と思っていたところで、

「あいや、この刑の執行はしばしお待ちいただきたい」

幕の外ろから声が聞こえてきた。

朝吉は声のほうを見る。

出羽守と同じくらいの年齢に見える侍が、真っ白な衣装で幕を持ちあげていた。

なにがはじまるのかと見ていると、家来たちだろう、おなじように白い衣装を着た者たちが、ばらばらと幕の外からなかに入りこんできた。

さらに、なにをするのかと見ていると、数人で十字柱を引き抜きはじめたのである。

朝吉でもひとりでは抜けないだろう。

それを数人がかりで抜ききってしまった。さらに、おかしなことに、その柱を

家来たちは、先頭の老侍の背中に括《くく》りつけようとしているのである。

「この柱は、私が背負う」

叫ぶと、本当に背中に十字柱を背負ってしまった。そのまま、ずりずりと引きずりながら、老侍は刑場の中心へと向かって歩きだした。

「なにをするか」

役人たちがそばに寄ろうと集まった。

ばん。

なにかの破裂音が聞こえてきた。

単筒《たんづつ》である。

銃身から白い煙が出ている。

「そばによると怪我をするぞ」

そのとき、出羽守が立ちあがって叫んだ。

「林葉元太夫、なにをする気だ」

朝吉は、あれが国家老かと顔を見た。北国特有の色白が目立つ集団であった。

その白い男が十字柱を背負って、ずりずりと中心地に向けて進んでいく。

その不気味さといったら、言葉に出せないくらいだった。朝吉も、たいていのことなら驚かないが、驚いている間に飛びだす間合いが遅れてしまった。

「藤千代さまをおあずかりしろ」

林葉が叫んだ。どうやら藤千代をさらって、こちらに要求でもするつもりらしい。家来たちが藤千代に群がろうとしたそのとき、

「待った、待った、そんなことはさせぬぞ」

十字柱を背負った林葉元太夫の前に、九郎が飛び出た。

「出たな、妖怪」

「む、妖怪とはこれまたいかなる物言い」

「やかましい。鳥海山から出てきたときから、正体はわかっておったわ」

「ほう、私は誰でしょう」

「竹藤家を奈落《ならく》に落とそうとする妖怪であろう」

「それはないぞ」

「えい、聞く耳は持たぬ」

元太夫は十字柱を担いだまま、単筒を構えた。銃口は九郎に向けられた。朝吉は、これはいかぬとつぶやいて、すすっと九郎の前面に出ようと駆けだした。

その瞬間、

ばん。

単筒の音が響いた。九郎が倒れたと思ったが、まったく平気な顔をしている。

「林葉元太夫とやら。その単筒はオロシアからもらったのか。いや、難破船の誰かが持っていたか、そんなものであろう。だいたい、単筒はほとんど当たらぬ。弓矢のほうが当たるのだぞ」

かかかと笑いながら、九郎は前に進み出た。

六

元太夫は十字柱を背負ったまま、

「藤千代さまをおあずかりしろ」

ふたたび叫んだ。家来たちは、いっせいに藤千代に向かった。

「元太夫、なにをする気だ。逆心を起こしたのか」

「なにをいいます。逆心などもってのほか。ひたすら竹藤家をお守りするために、こうやって老体に鞭《むち》打って国元から出てまいりました」

「では、その姿はなんじゃ」

「死を賭しての行動でございますゆえ」

そして、元太夫は叫んだ。

「片山勘解由。そのほうこそ逆臣であろう。そこに立つ九郎などという妖怪を使って、竹藤の家を乗っ取るつもりだったのだろうが、そうはいかぬ」

「なに」

出羽守は、勘解由を見つめる。

朝吉は勘解由と九郎とそして、元太夫を見つめた。なにがどうなっているのだと、気持ちは風にたなびく柳のごとく揺れている。

勘解由が逆臣とはどういうことか。元太夫は勘解由が九郎を使って、竹藤家を乗っ取るとでもいうのか。

まさか、と朝吉は、勘解由と九郎に視線を送った。

出羽守は驚愕の目で勘解由と九郎を見つめてから、元太夫に顔を戻した。

「おまえ、なにを血迷っておる」

「血迷ってなどおりませんぞ。殿こそ江戸暮らしで目が節穴《ふしあな》になりましたか」

「馬鹿め、勘解由が逆臣なわけあるまい。それに九郎は」

「九郎は、なんでございます」

自分の子だとはいえない。いや、まだそれは確定していないからだ。元太夫は九郎を指さして叫んだ。

「あやつめは、妖怪でございますよ。十年の雪山に眠っているなど、普通の人間ではできぬ技。それを難なくやったというのは、まさに妖怪の仕業」

「そんなことは嘘に決まっておるであろう」

「はて」

元太夫は十字柱を背負い直している。

さぞかし重いことだろう、と朝吉は同情する。

出羽守と国家老は乳母兄弟と聞いたが、そのふたりが対立するとはどのような気持ちなのか。

その対立を見ている九郎と勘解由の気持ちも考えると、いま、自分がなすべきことはなにか、考える。

この場をおさめる思案はないだろうか。

九郎はと見ると、なにを思っているのかにやにやしているではないか。それだけではない、朝吉に向けてなにやら合図をしている。

よく見ると手を動かして、前に出ろといっているように感じた。

「前に出ろとはどういうことか」

つぶやいてみたが、どうにも策は浮かんでこない。そこに一枚の白い布が流れてきた。なんだこれはと拾ってみると、大きな布である。どこから来たものやら不思議に思って手に取ってみた。

九郎が、さらになにやら合図をしている。仕草をよく見ると、その布を頭に巻けと指図しているように見えた。

ははぁ、と朝吉は気がついた。この白い布を僧兵のごとく裏頭のように巻いて前に出ろ、と九郎はいいたいらしい。

頭に白布を巻くと、まさに弁慶である。

九郎は弁慶の立ち往生を、みなに見せたいのではないか。

朝吉は、そこに気がついた。

前に出たからといって、そこでなにをしたらいいのか思案はないが、えい、なるようになれと朝吉は裏頭姿になって刺股を携え、ざざさっと音を立ててみなの前に進み出た。

白装束たちは、目を丸くしている。袈裟《けさ》こそ着ていないが、その姿はまさに弁慶に見える。

「やぁやぁ、われは弁慶なるぞ。敵対するものは片っ端からこの鉄棒、いや、刺股の餌食《えじき》にしてやるから、覚悟しろ」

白装束の一団に向かって叫んだ。

「遠からん者は音にも聞け、近くば寄って目にも見よ」

「馬鹿者、それは平氏の藤原景清《ふじわらのかげきよ》が源氏の敵にかけた大声だ。おまえは源氏ではないのか」

朝吉は、ふんと鼻で笑いかけた。

「逆心者がなにをいうか」

と、元太夫と勘解由が逆心ではない、と同時に叫んだ。

「泥棒は、自分を泥棒とはいわねぇぜ」

刺股を頭の上でくるくるまわした。ぶんぶん音が聞こえて白装束たちは、じりじりとさがりはじめる。

片方は刺股をまわし、もう一方は十字柱を背負っている。

摩訶不思議な光景が、そこに展開されていた。

と、九郎が前に出たと思ったら、やっと叫んでなんと十字柱の上に片足で一本立ちし、周囲を見まわしたのである。

「絶景かな、絶景かな」

大見得《おおみえ》を切ると、それ、と叫んで地面にふわりと舞いおりた。

「この勝負、引き分けだ。みなの者、刀を引け、引け、引け、引くんだ」

刺股対十字柱の荒唐無稽《こうけいむけい》な対決に、白装束たちだけではなく、磔の刑を見るために集まった家臣たち含めて、全員が毒気にあてられている。

そこに九郎の掛け声である。

抜刀していた者たちは、術にでもかかったように刀を納めはじめた。

朝吉は、まわしていた刺股を頭からおろして、手持ち無沙汰《ぶさた》にしている。すると、九郎の声が聞こえた。

「弁慶、おまえはそこの白装束たちの相手をいたせ」

「相手とはなにをすれば」

「私もわからぬ。考えよ」

はぁ、と朝吉は白装束たちを睨んで、ため息をつくしかなかった。

「逆心ではないのか」

屋敷の奥座敷である。そこには出羽守、片山勘解由、林葉元太夫、そして九郎がいる。

出羽守が伺候《しこう》してきた林葉元太夫に問うているのだ。

「殿、あぁ、嘆《なげ》かわしい。なにゆえに、私が殿に逆心を持ちますか。生まれたときから殿とは兄弟。双子のごとく育ち、十三歳の元服のときも私たちは一緒でございました」

「ふ。よく覚えておる」

「それなのに、私が逆心とはどこでどうつながったら、そんな馬鹿げたお言葉が生まれてきましょうや」

嘆くと、元太夫はとなりに座っている九郎を見つめて叫んだ。

「な、な、なんと。おふたりは」

「なんだ」

「似ております」

出羽守はにこりとしたが、九郎は知らぬふりである。

「殿、まさかそこにいる九郎とかいう妖怪は」

「元太夫。そんなことはいまはどうでもよい。なにゆえ国元から江戸に出てきた。その装束はなんだ」

元太夫はよくぞ聞いてくれました、といって滔々《とうとう》と語りだした。

それによると、元太夫は常に江戸表の動向が気になっていた。国元のなかには江戸の動向が気に入らない者たちもいる。とくに勘定方は、なにかと江戸に金子を送らされて、なにやら怪しげな使い方をされているのではないか、と疑心暗鬼になっている者もいるという。

そこで、元太夫は江戸の動向を注視していたという。

「江戸勤番たちには、江戸の動きをしっかり報告させておりました。江戸の誰かが怪しい動きを見せたら、すぐ知らせるようにと」

「そうであったか」

「しかし、いままでの報告では怪しい動きはありませんでした。しかし、今回は違っていたのです」

そういって、元太夫は九郎に視線を送る。

そんなときに、鳥海山で十年雪のなかに眠っていたという触れこみの若者が見つかった。そのころ、たしかに十歳くらいの子どもが雪山に入って遭難したという事故があった。

その男の子ではないかと思われたのだが、なんと、その雪のなかで成長したと思える若者は、名を聞くと、とんでもない返事が戻ってきた。

源氏九郎義経がそれである。

元太夫は、冗談だろうと思って聞いていたのだが、手にあまって江戸に送りこんでしまったという。

ところが、その九郎という男が、江戸藩邸を引っ掻きまわしているとの報告があった。

「これはいかぬと考えました。やはりあの若者は、魑魅魍魎《ちみもうりょう》、妖怪の類であったか。竹藤家に仇《あだ》なす者と知りました」

出羽守も勘解由も九郎も、その言葉を聞いて苦笑するしかない。

九郎がお家を乗っ取るか、あるいはなにか傷つけるために、誰かが送りこんだ間者《かんじゃ》ではないか、と考えたというのである。

「そこに入ってきたのが、藤千代君のご病気です。命すら危ないと聞き及び、その病の原因は、そこの九郎が毒薬でも飲ませたに違いないと感じました」

九郎の命を狙った背景には、元太夫の早とちりが存在していたのである。

磔の刑は、自分たちを炙りだそうと妖怪が考えだした罠とは気がついていた。

それでも、藤千代君を守るためには、自分の命を賭してまでやらねばならぬ、殿は幕閣たちとの付き合いなどで、疲れ果てて妖怪の目眩ましに遭っている、と信じこんだというのである。

「おまえは田舎暮らしが長すぎて、頭がおかしくなったらしい」

出羽守がいうと、勘解由は眉をひくひくさせながら、

「林葉。なにを食った」

「はて」

「まぁ、お家を思う気持ちは貴重であり、高尚《こうしょう》であるがなぁ」

ため息混じりに勘解由はいった。

「まずは、その白装束を着替えよ。背中に十字の汚れがついておる」

元太夫は背中を振り返ろうとするが、見えるわけがない。

「ついてまいれ。九郎どのの件、藤千代君の病など説明してやるわ」

勘解由は、元太夫の肩をつまんで引っ張っていった。

七

勘解由と元太夫が出ていくと。すぅっと入ってきた男がいた。

「十影組の嘉一ではないか。いかがした」

出羽守が驚いている。しかし、不思議なことに、嘉一と九郎は目を合わせてなにやら、合図を送りあっている。

「なんじゃ、ふたりは知りあいか。いやいや、そんなわけはなかろうと思うが」

嘉一は九郎に向けて頭をさげると、

「おふたりがおつきになりました」

ふたり、と出羽守が不審な目を送る。

「殿、お目通りをお許しください」

嘉一が頭をさげる。ふたりとは誰のことだ、と出羽守は聞いたが、

「私からもお願いいたします」

九郎がしおらしく頭をさげている。その姿を見て、出羽守は息を呑んだ。

「まさか。いや、死んだと聞いておる」

嘉一は、ではお連れいたしますといって、一度、そこから辞したがすぐ戻ってきて、

「伊坂月之介どのと、その妻、お文さんです」

出羽守は驚愕どころではない。元太夫の白装束と十字柱の衝撃は、すっ飛んで

しまったらしい。

「な、なんとおまえたちは生きておったのか」

月之介とお文のふたりはていねいにお辞儀をする。座ると、月之介は身体の横に蒔絵《まきえ》が入った箱を置いた。

そこに、勘解由が入ってきた。月之介とお文のふたりだと気がつき、一瞬ずりさがりはじめたが、

「なるほど、そういうことでしたか」

「勘解由、おまえは知っておったのか」

「いえ、いまふたりの姿を見て、ある事実に気がつきました」

「なんじゃ、それは」

「九郎どのよろしく、わしもちと謎解きなぞをやってみましょうかな」

にやりと勘解由は一同を見まわした。

「まず、嘉一、おまえはわしにまで黙っておったのだな」

嘉一は、部屋の端で目を閉じながら神妙にしている。

「まぁ、よい。まずは嘉一がついた第一の嘘には、殿も加担していたのでありましょう」

「わしが……なんの話であるか」

「嘉一は、月之介は死んだと報告しておりました。聞くと荼毘に付したということですが、十影組が勝手にするわけがありません。その裏には、殿の意向が働いていたと考えるのが普通です」

「たしかに、嘉一から月之介は亡くなったと報告され、指示した覚えがある」

「まぁ、嘉一の嘘に加担したというより、当然の命をくだしたといったほうがよろしいでしょう」

問題はその前だ、と勘解由はいう。

「嘉一、おまえはわしに、月之介の居場所は杳《よう》として知れぬ、というておったな。だが、そのときはすでに、月之介とはつながっておったのではないか」

嘉一は、ちらりと月之介を見つめる。嘉一は九郎との間だけではなく、月之介ともつながりがあるように見受けられた。

「月之介の死体を見た者は、十影の連中、いや、聞いたら嘉一だけで、組のものはひとりとして見ていないという話であった」

勘解由は、いまそこに気がついたというのである。

「勘解由、おまえもさるものだ」

出羽守は、感心している。

「月之介の消息がまったくこちらに伝わってこなかったのは、嘉一、おまえが隠していたからであろう」

勘解由が詰問する。

嘉一は、静かに頭をさげる。

「申しわけありません。あるとき月之介どのをつけているとき、私のそばに寄ってきました。そして、話があるといわれたのです」

「その話の内容は聞かずとも予測はつく」

「さすが、筆頭家老さま」

「おだてはいらぬ。おそらくは、どれだけ殿が無体な要求をしたか、そんなことであろう」

出羽守が恥じ入ったように身体を縮めている。月之介が語った。

「嘉一さんに、私がある頼みをお願いしました。最初は無視されましたが、幼き子のことを考えて、助けてくれとお願いすると、心が動いたようでした」

月之介の頼みは、子どもの真の父親は出羽守である。成長して若さまとなったときにひ弱では困る。剣術は自分が教えるから、忍びが使う火器や、火遁《かとん》、水遁《すいとん》の術。加えて、飛び切りの術や早走りの術などを教えてほしいと懇願した。

最後は嘉一も若さまのために、と助ける約束をしたのであった。

「では、月之介。おまえたちはどこに住んでおったのだ」

「京です。若には鞍馬で修行をさせました」

「なんと」

「そこから成長してからは、平泉に行きました。あそこはよき馬が取れますゆえ、馬術の稽古にはうってつけでしたので」

「鞍馬の天狗から術を習ったと九郎はいうておったが、天狗とは、月之介と嘉一のことであったのか」

京も平泉もくわしいはずだと、出羽守は唸り続けている。

「しかし。わからぬことがある。どうしていまになって、源氏九郎義経などと名乗って、わしらの前に現れたのだ」

私が謎解きをいたしましょう、と勘解由が背筋を伸ばした。

「まぁ、まったくの当て推量ですからな。あまり信用ならんとは思いますが」

そういいながらも、勘解由は自信たっぷりの顔つきである。

「年齢を重ねてきますとなぁ、いろんなことが見えてきます。江戸と国元では、いろいろ齟齬《そご》が生まれはじめているとも気がついていました」

「それが、月之介たちとどのようなかかわりがあるのだ」

　出羽守はいらいらしはじめている。

「そのいちばんの鍵は、十影組でありましょう。というより、嘉一です。嘉一は竹藤家の裏を知っています。そこで、一計を案じた」

「どんな一計だ」

「まずは、跡継ぎ問題を解決しようと考えた。そこで編みだしたのが、藤千代君のご病気ではありませんか。つまり、あの病気は仮病でしょうなぁ」

　嘉一はにやりとしたが、そうだとも違うともいわない。

「おまえが私に隠れてこそこそ、というては悪いが、なにやら策謀していたであろう。仮病は殿も勘づかれていたのでは」

　答えはない。

「だいいちに、藤千代さまのご病気ですが、あまりにも唐突《とうとつ》であったし、いきなり熱病を患《わずら》い、しかも命が危ないなど、毒でも盛られねば考えられません」

「ふむ」

　なぜか出羽守は居心地が悪そうである。

「私が部屋に飛びこんだとき、藤千代さまは顔を真赤にしていましたが、あまりにも奇妙でした」

それに、と勘解由は続ける。

そばに寄ろうとしたら、近づいたら伝染るかもしれぬと、遠ざけられた。

「おそらく、芳斉も同じ穴のむじなでしょう。あぁ、もしかしたら藤千代君も仲間であったのか。あの頬の赤は紅でも塗っていましたか。それなら病が治癒した途端、走りまわるほど元気になっても不思議ではありませんなぁ」

わははは、と勘解由は大笑いをする。

「そして、その姿を廊下で林葉が放った間者が見ていた。それをすぐさま国元に連絡したのでしょう。藤千代君、危篤とでも報告されたのであろうか」

そこで、勘解由はぐびりとつばを飲んだ。

「さきほど、林葉元太夫から聞きました。藤千代君が亡くなったら、影の一派が出てくるかもしれぬ、と。国元では、江戸表に対する不満がじわじわと湧き出ていましたからな。その疑いのところに現れたのが、源氏九郎義経です」

林葉は当然、出羽守と月之介の関係を知っている。

「月之介は死んだと聞いている。そこで、月之介にかかわる一派が若さまを立てて、出羽守の失脚を狙ったと考えたようです」

すべては誤解と早とちりが原因、と勘解由は断じた。

「元太夫が藤千代君をあずかれと叫んだのは、自分たちがかくまうつもりだった、とたわけた話をしておりました」

出羽守は唸りながら、

「勘解由、おまえはいつの間に、そのような知恵を持つようになったのだ」

その言葉に、勘解由はじろりと睨み返しただけであった。

八

「わしは月之介とお文のふたりを忘れていたわけではない。しかし、若気のいたりであんな無体な行動を取ってしまった。それについては、我が一生の失態として、心の奥底に眠っていたのだ」

その眠れる疵が、九郎の出現でよみがえった。そこで、すぐ嘉一を呼んだ。

出羽守が問わず語りをすると、続きは私からといって、月之介が背筋を伸ばした。出羽守からお文をさげ渡すといわれたころと比べると、白髪まじりの頭で頬には皺《しわ》が寄っている。

「嘉一どのは、すでに逆臣炙りだしの策を練っておられました。そのひとつが、出羽守さまも手を貸した、藤千代君の死病です」

「最初はすっかり騙《だま》され申したわ」

勘解由が笑う。

「それだけでは、炙りだしとしては足りないと、嘉一どのはいいました。そこで編みだした策が、雪からの若者救出劇でした。江戸屋敷では、出羽の山奥の話など、目で確かめようとする者はおりません」

月之介は、ただ若さまが成長したからご対面という方策では、出羽守は会ってくれぬだろうと考えた。それに、月之介としても少しは意趣返しをしたいと考えた。

「十年前、本当に幼き子が雪山に入って行方不明になりました。それは真実です。それを利用することにしました」

それが、源氏九郎義経再来のきっかけとなった。

幸いなことに、若さまは鞍馬と平泉で修行した。義経と似たような育ちなのである。義経再来とするには、好都合であった。

「しかし、その悪戯によって、若さまが林葉さまに逆臣として目をつけられるとは夢にも思っていませんでした」

月之介の言葉が途切れると、勘解由はため息混じりに、

「元太夫も、ひとこと相談の文でも送ってきたらよかったものを。江戸は信用ならぬ、といい放ちましぞ」

と、笑いながら続けた。

「しかし、竹藤家には逆臣はおらぬと判明いたしました。それは不幸中の幸いとでもいいましょうかなぁ」

わはははと勘解由は手を叩く。

そこまで聞いた出羽守は、ふうと息を吐きながら、

「月之介を父と思いながら育ったのであろう。いきなりわしが父だというても、気持ちの整理はつかぬことであったであろう。のぉ、九郎、いや違うな。本当の名はなんという」

出羽守は、月之介とお文に目を向けた。

「殿、殿のお名はなんといいますか」

「月之介、どうして聞く。知っておるであろう」

「殿のお名は」

もう一度聞いたのは、お文であった。出羽守があの茂みで押し倒したころの若さはないが、四十路に近いと思えるのに、色白とその艶っぽさは変わりなかった。

そんなお文を見て、出羽守は目を細める。なつかしさを感じたのであろうか。

目を閉じかすかに頭をさげたのは、お文に対する詫びのように見えた。

「お文。そちの気持ちを尊重して答えよう。我が名は良房である」

「あの子の名は……」

お文がつぶやくと、出羽守を見つめる。

「名は」

「房良《ふさよし》です」

「なんと、我が子はわしの鏡であったのか」

出羽守は、目を見開いている。

「ところで、わしが与えた脇差はどうしたのだ。九郎が雪山から出てきたときには、家紋が削り取られていたと聞いたのだが、それは真の話か」

出羽守がお文に問うと、月之介がおもむろに横に置いていた蒔絵の箱から、脇差を取りだした。

「ここに」

その脇差は、どこにも疵はなく光り輝いていた。

「この脇差があったら、すぐ殿の子と判明いたします。それではおもしろくありません。若さまなのか、それとも我は義経なり、などというただの間抜けか。混乱させるために、あのような手の込んだ加工をいたしました」

たしかに、あの家紋を削り取られたと思わせる細工は成功したといっていいであろう。

月之介は、九郎に肥前国忠吉を手渡した。

「今後は、腰にこれを差して歩け」

九郎は静かに微笑んで頭をさげた。

「おまえからのあずかりものは、丁重にもてなしておるから安心しろ。いつかおまえが迎えにくると信じているようであるぞ」

「ありがとうございます、父上」

九郎はていねいに頭をさげた。

そのやりとりを、出羽守と勘解由は難しそうな面持ちで聞いている。

屋根に雨が降り当たる音が聞こえてきた。出羽守は立ちあがり、九郎に目を向けた。

小雨がぱらついている。ふたりは、雨にもかかわらず傘は差していない。この程度なら気にならぬ、と出羽守がそのまま外に出たからだ。

後ろから九郎がついている。

「ふたたび問う。おまえはなぜ、いまになって姿を現したのだ」

「嘉一さんから藤千代廃嫡の動きがあるかもしれない、と聞いたからです。弟を助けようと思いました。月之介の父がいうように、私が現れたら隠れた敵がその顔をもたげるかと」

「そうであったか。月之介と嘉一はよい若を育ててくれた」

「私は、若さまではありません」

「ほう、では誰なのだ」

「源氏九郎義経。九郎とお呼びください」

出羽守は大笑いする。

やがて雨がやみ、青空に虹がかかった。

父と子は、いつまでも七色の輪を見つめていた。

コスミック・時代文庫

若《わか》さま九郎《くろう》と岡《おか》っ引弁慶《びきべんけい》

2025年2月25日　初版発行

【著 者】
聖《ひじり》 龍《りゅう》人《と》

【発行者】
松岡太朗

【発 行】
株式会社コスミック出版
〒154-0002 東京都世田谷区下馬 6-15-4
代表　TEL.03(5432)7081
営業　TEL.03(5432)7084
　　　FAX.03(5432)7088
編集　TEL.03(5432)7086
　　　FAX.03(5432)7090

【ホームページ】
https://www.cosmicpub.com/

【振替口座】
00110-8-611382

【印刷／製本】
中央精版印刷株式会社

乱丁・落丁本は、小社へ直接お送り下さい。郵送料小社負担にて
お取り替え致します。定価はカバーに表示してあります。

ISBN978-4-7747-6629-4 C0193